In einem Start-up-Büro verliert ein Werbetexter den Verstand. Unter der Stadt verstopfen Fettberge die Kanalisation, während sich in einer Sozialbausiedlung ein unerwünschter Mitbewohner in eine Kröte verwandelt. Der berühmteste Elvis-Imitator des World Wide Webs nimmt sein letztes YouTube-Video auf und jeden Monat gehen elternlose Jugendliche mit Fahrrädern und Kanthölzern auf Menschenjagd. Ein smartes Unternehmen verspricht den Dialog mit den Toten. Und immer wieder taucht eine bedrohliche, stetig wachsende Untergrundbewegung auf, die die Sozialen Medien mit einer einzigen Frage flutet: »Do you like scary movies?«

Die Geschichten in »Supermilch« erzählen von einer unruhigen, nervösen Zeit: von der Transformation der Arbeitswelt, von digitalem Alltag und der Zerstörung der Natur. Die Menschen sind überfordert von ihrer Lohnarbeit, die doch angeblich mehr sein soll als nur Arbeit. Sie sind ermüdet von der beständigen Suche nach der besten Version ihrer selbst und können doch nicht davon lassen. Sie haben Angst, aber können nicht sagen wovor. Einen normalen Tag herumzubringen, scheint in dieser Welt das Einfachste und Schwerste zugleich zu sein. Also stürzen sich ihre Bewohner in Privatobsessionen, suchen ihr Glück im Ausstieg, steigern sich in obskure Internet-Phänomene hinein oder wählen sinnlose Gewalt als letztes Mittel. »Supermilch« wirft einen Blick in die Zukunft – und die ist bedrohlich, flimmernd und weird.

Philipp Böhm wurde 1988 in Ludwigshafen geboren. Sein Debütroman »Schellenmann« erschien 2019 im Verbrecher Verlag. Er ist Mitglied der Redaktion des Literatur- und Kulturmagazins metamorphosen, schreibt für die Wochenzeitung Jungle World und arbeitet für das Kreuzberger Literaturhaus Lettrétage. Er lebt und arbeitet in Berlin.

Philipp Böhm

Supermilch

Erzählungen

VERBRECHER VERLAG

»Supermilch« ist der 3. Band
der Reihe »kurze form«.

1. Auflage 2022

www.verbrecherei.de

Druck und Bindung: CPI Clausen & Bosse, Leck
Lektorat: Alyssa Fenner
Satz: Christian Walter

ISBN 978-3-95732-514-3

Printed in Germany

Der Verlag dankt Anna Heller
und Johanna Seyfried.

INHALT

More than iron, more than lead, more than gold I need electricity.
I need it more than I need lamb or pork or lettuce or cucumber.
I need it for my dreams.

Racter: »The Policeman's Beard is Half Constructed«

GERMAN CONTENT SUPERSTAR

Niemand von uns fragt, wie es kam, dass wir so wurden. Wir sind einfach so. Gerade sah ich noch zwei Radfahrer mit Gasmasken die Allee hinunterfahren, dann beginnt schon der Tag. Der Tag ist immer sehr hell und immer sehr lang. Der Tag ist alles, was ist. Abends, lange bevor ich meine Augen schließe, weiß ich, dass der Tag näher rückt, denke ich an Targets, an das erste Meeting, an meinen ersten Satz in meinem ersten Meeting, in dem ich anfangen werde zu erzählen, wie ich alles vorangebracht habe. Abends, vor dem Beginn des Tages, denke ich an das Ende des Tages, der kommt. Und er kommt. Und er beginnt: Ich nehme den Lastenaufzug hinauf ins Loft, ich schlage in Hände ein, während ich von Zigaretten und Räumen voll Polstermöbel träume, wo sich vornehme Menschen einen guten Morgen wünschen, und mir wenigstens einen kurzen Moment ohne Target wünsche. Doch das Wünschen hilft nicht.

Ich fahre aufs Meer: Marketing Island, Sales Peninsula, Tischgruppen, MacBooks, Stehlampen, eine Polstergarnitur auf neuen Paletten, die wie alte aussehen. Und dort sitzt mein Department, das Department der Inhalte, das Department des Quality Content. Jedes Department hat einen Head. Mein Head heißt Susanna, und manchmal fragt sie mich, ob ich something socialist in der Pressemitteilung schreiben könnte, um die Dinge etwas verrückter zu machen. Wenn Susanna ein kleines bisschen drauf ist, erzählt sie, dass sie alles, wirklich alles mitnehmen möchte auf diesem Weg, der ihr Leben ist. Irgendwann werde sie das Fliegen aufgeben, wegen des Kerosins, das alles vernichtet, was schön ist, aber erst in drei, vier, fünf Jahren. Bis dahin will sie noch alles mitnehmen. Die Welt sei so ein wundervoller Ort, voll von Magie und Chancen. Vor allem die Chancen interessieren sie. Wenn Susanna ein kleines bisschen drauf ist, erzählt sie das. Wenn sie etwas zu sehr drauf ist, geht sie nach Hause oder in einen Club. Ich komme nie mit.

Es ist der Monat, in dem eine Gruppe indischer Languren den Roboteraffen betrauert, der in ihrer Mitte ausgesetzt worden war und an einem Kurzschluss zugrunde ging.

An der Wand in unserem Loft hängt ein Bildschirm, auf dem wir alle das Monthly Target sehen können, das wir nur zu 70 Prozent erreicht haben, heute wandern alle murmelnd durch unsere Halle und werfen die Hände in die Luft, weil die Blended CPA steigt und nicht mehr fallen will. Niemand weiß warum, am allerwenigsten ich selbst, doch mein Head ruft mich trotzdem zu einem spontanen Meeting mit dem gesamten Marketingteam und fragt mich nach meinen Ideen. Jeder gibt sich Mühe, besonders geschäftig zu wirken. Alles ist möglich. Alles ist lösbar.

Ich spüre die Verzweiflung und sie interessiert mich sehr.

Später kann ich nicht sagen, ob irgendjemand aus diesem Meeting wirklich an eine der Ideen geglaubt hat. Vielleicht wissen alle längst, dass diese Yacht untergehen wird, obwohl sie über drei Queen-Size-Betten und ein elegantes Mahagoni-Furnier im Salon unter Deck verfügt, eine Traum-Yacht für einen unvergesslichen Urlaub auf dem kristallklaren Wasser der Adria.

Es ist der Monat, in dem ein Red Sprite, ein Blitz, der aus der Wolkendecke 80 km über Kansas ausschlug, die Form einer riesigen Qualle annahm und eine kleine, überschaubare Panik in den Twitterblasen der Apokalyptiker und Prepper nach sich zog.

Jemand klatscht in die Hände und schaut mich aus großen, staunenden Augen an – Augen, die meinen Personal Key Performance Indicator wieder und wieder betrachtet haben. Dieser Mensch heißt Will, und er hat so viele Ideen, und seine Augen sind wie der blasse Himmel über dem ewigen Meer. Dieser Mensch sagt: »Let's make this happen.« Und wir machen, dass es geschieht, wir schwärmen aus, wir arbeiten hart, wir feiern hart, ich schreibe das Listicle über die zehn schönsten Strände Kubas, die ich noch nie gesehen habe und nie sehen werde. Ich war seit Jahren nicht mehr verreist. Aber ich kenne die Details, ich habe die Bilder gesehen und kann sogar Restaurantempfehlungen in Strandnähe abgeben. Ich optimiere die Köpfe aller unserer Seiten, weil Google Tabellen liebt, ich schaffe es, im SERP-Snippet noch ein Keyword unterzubringen, ich weiß genau, wie ich auf einer Breite von tausend Pixeln kommunizieren muss, weiß, wie ich alles mit einem Call-to-Action verbinden kann und esse sehr wenig. Meine Nahrung heißt Leidenschaft. Jemand klopft mir auf die Schulter und sagt: »Toll, dass du an Bord bist.« Und ich sage: »Es ist toll, an Bord zu sein.«

Ich bleibe an Bord. Ich steigere den Organic Traffic um zehn Prozent. Die Conversion Rate steigt. Die Blended CPA sinkt. Wir lassen unsere Schultern sinken und schauen von den Schirmen auf. Die Sonne ist dabei, uns zu verlassen. Nichts würde ich lieber tun, als dicken Rauch aus meinen Nüstern steigen zu lassen, doch morgen beginnt schon wieder der Tag. Ausgeschlafene und trainierte junge Männer jubeln mir auf dem Weekly Team Meeting zu. Mein Herz ist ein stabiles, haltbares Kondom, das immer weiter aufgeblasen wird. Sie klatschen und jubeln. Es ist wie eine verschollene Szene aus einem tröstlichen und sehr alten Video, gedreht zu den Hochzeiten des Musikfernsehens. Es ist wie ein großes Friedenslied in Taizé. Es ist wie Heimat. Es ist wie der Ort, den du nie gesehen und nie vermisst hast, aber nie verlassen willst, den du mehr als alles andere brauchst. Aber dann fahre ich nach Hause, betrachte meine guten Füße, lösche das Licht nicht und könnte noch immer niemandem erklären, was Scham eigentlich bedeutet.

Ich tue das, was mein Head sich wünscht. Ich nehme alles mit. Ich halte die Geschichte meiner Company tief in meinem nervösen Herzen und kann nicht schlafen. Ich kann schon lange nicht mehr schlafen. Ich verfluche meinen schmerzenden Herzschlag.

Gerade noch sah ich zwei geschorene Jungs, die sich auf einem umzäunten Spielplatz mit ihren weißen Ladekabeln peitschten, dann beginnt schon der Tag. Will hat neue Ideen und ich höre zu. Ich höre immer zu. Ich bin für alles offen und zu allem bereit. Dann kehre ich auf meine Insel zurück und berichte unserem Head davon und sie lacht und sagt: »Wir werden Will sowieso feuern, aber das ist auch besser für ihn. Er hat sich nie so wirklich wohl in der Stadt gefühlt.«

Niemand erzählt Will davon. Er arbeitet weiter, kommt irgendwann in den frühen Morgenstunden und geht als Letzter. Will glaubt an die Zukunft. Er versucht, mir jeden Tag etwas Schönes und Aufmunterndes zu sagen, und ich weiß nie, ob er lügt oder ob er überhaupt fähig ist zu lügen.

In der Mitte unseres Büros, direkt neben dem Marketing Island, hängt ein Gong. Wann immer jemand einen Sale abschließt, geht die Person dorthin und schlägt den Gong. Dann klatschen wir alle. Rituale halten unsere hellen, ewigen Tage zusammen. Wir zwingen uns nicht. Wir wissen einfach, was dazugehört.

Gerade noch sah ich eine Gruppe Kinder ein Pfeifenkonzert für die letzten Veteranen des Großen Kriegs vor der Bushaltestelle pfeifen, dann beginnt schon der Tag. Wir feiern noch härter, als wir arbeiten. Wir feiern den Abschluss der letzten Investorenrunde. Wir tanzen pflichtschuldig auf den Tischen unseres Lofts, weil unser CFO einem jeden von uns sagte, dass er uns auf den Tischen sehen will. Diese Party sind wir schuldig. Wir machen, dass es geschieht.

Einst war ich eine Maus und glücklich. Jetzt bin ich ein Ficker, ein Go-Getter, ein German Content Superstar und niemand fragt, wie es kam, dass ich so wurde. Unser Designer mit dem Knast-Tattoo im Gesicht bietet der Venture Capital-Frau den Joint an und sie kichert und sagt, wie verrückt wir doch seien, und wir antworten: »Ja, wir sind schon ganz schön verrückt.« Aber Will mit den staunenden Augen trinkt zu viel, weil er mittlerweile weiß, was alle wissen, dass er nächste Woche gefeuert wird, wegen der Blended CPA und noch ein paar anderer Sachen. Er stolpert und fällt hart auf die Sales Peninsula und ich bringe ihn hinaus, wegen des Teams und der Party und noch ein paar anderer Sachen. Draußen legt er mir seine Hand auf die Schulter, um sich festzuhalten und weil er mir sagen will, dass es toll ist, mich an Bord zu haben. Nächste Woche wird er eine Mail an das ganze Team schreiben, dass er nach neuen Herausforderungen sucht und dass er an uns alle glaubt und wir es schaffen werden. Ich bringe ihn nach Hause, aber kurz vor der Umsteigestation sehe ich, dass er kotzen muss, und schaffe es gerade noch, ihn aus der Bahn zu bringen. Er spuckt alles in einem großen Schwall in den nächsten Mülleimer und sagt zwischen den einzelnen Würgern, ich solle seiner Mutter nichts davon erzählen, und ich verspreche es ihm.

Wir sind allein an der Haltestelle, weil alle anderen auf Partys sind und von Projekten erzählen. Wir sind allein, bis auf einen Flaschensammler und er steuert direkt auf unseren Mülleimer zu. Wir sagen: »Nein, bitte tu das nicht. Tu das auf keinen Fall. Lass es sein. Lass es sein.«

Aber er hört nicht auf uns, er ignoriert unser Flehen, er greift hinein und zieht eine von Kotze triefende Bierflasche heraus. Der Hals ist abgebrochen und er schüttelt den Kopf und sagt: »Alles kaputt. Alles kaputt.«

Ich bringe Will mit den staunenden Augen nach Hause. Ich achte darauf, dass er auf der Treppe nicht stolpert, öffne die Tür für ihn und decke ihn zu. Sein Gesicht ist glatt und ruhig. Er wird sehr lange schlafen.

Es ist der Monat, in dem ein Unternehmen, das Scheinselbstständige beschäftigt, die Vermietern dabei helfen sollen, Menschen aus ihren Wohnungen zu räumen, mit seinem Elevator-Pitch spontan berühmt wird.

Es ist der Monat, in dem Kugelfischtätowierungen zum nächsten Tattoo-Trend erklärt werden.

Es ist der Monat, in dem ein YouTube-Tarot-Kanal eingerichtet wird, mit dem Ziel, depressiven Teenagern eine sinnstiftende Beschäftigung nahezulegen.

Es ist dieser Monat.

Zu Hause spüre ich deutlich, wie mein Herz an- und abschwillt. Schließe ich die Augen, sehe ich eine Fläche von mir bis zum Horizont, ohne Krümmung, ohne Hügel, ohne Gefälle. Sie reicht endlos weiter. Tag auf Tag auf Tag, eine einzige Masse. Nur schlafen kann ich nicht. Im Badezimmer stelle ich mich vor den Spiegel und lege meine Stirn in Falten. Ich schaue mich an und sage: »Sag ihnen, ich hätte Nein gesagt.«

Immer wieder: »Sag ihnen, ich hätte Nein gesagt.«

Den Satz probe ich zwanzigmal, aber auch nach dem zwanzigsten Mal weiß ich nicht, wie das geht, dass wir unser Geld verdienen, und wie das kommt, dass wir so sind, und warum das so ist, dass ich jetzt hier bin und allen immer wieder sage, dass ich den Job nur mache, damit ich ein Buch schreiben kann.

Es ist der Monat, in dem die Londoner Kämpfe um Cannabis-Gewächshäuser starten.

Es ist der Monat, in dem die Löschteams der drei größten Pornoseiten – xvideos.com, pornhub.com und xnxx.com – zum ersten Mal ihre Arbeit niederlegen und streiken.

Es ist dieser Monat und am Ende dieses Monats werde ich endlich um eine Gehaltserhöhung bitten.

Manchmal kommen mir fremde Gedanken. Ich denke: Ich bin besser als mein Job und ich bin schwächer als mein Job. Mein Rücken bleibt gesund. Ich gebe acht. Ich krümme ihn nie zu weit, ich halte Maß, ich sitze auf einem guten Bürostuhl. Aber ich wünschte, ich würde ihn viel zu weit beugen. Ich wünsche mir einen schlechten Bürostuhl. Ich wünsche mir einen Bandscheibenvorfall und eine gute Arbeitsunfähigkeitsversicherung.

Aber das führt zu nichts. Ich gebe mir Mühe an etwas anderes zu denken.

Also raffe ich mich auf, füge mich zusammen, trimme meinen Bart so, dass ich immer noch ein bisschen rau aussehe, setze mich an meinen Computer, schließe die offenen Word-Dokumente, auf die ich eigentlich starren wollte und schreibe stattdessen eine Mail an Jeff, weil ich weiß, dass er jede Mail liest oder es zumindest behauptet und weil ich nicht weiß, an wen ich sonst schreiben sollte. Also schreibe ich:

Lieber Jeff,

ich habe drei verschiedene Desktophintergrundbilder und ich frage mich seit Tagen, welches ich im Büro verwenden soll: Es sind ein Wasserfall in einem tiefen Wald, der mich aus irgendeinem Grund an den Schwarzwald erinnert, aber es könnte natürlich auch jeder andere Wald sein; abblätternde Fassaden in Tiflis, die ich selbst fotografiert habe auf einer tollen Reise, die mich auch als Mensch weitergebracht hat; und ein altes Bakelit-Telefon, das ich auf dem Flohmarkt gekauft habe, um es zu Hause zu fotografieren. Ich habe wirklich keine Ahnung, welches ich nehmen soll, deshalb habe ich immer noch den Wolkenhimmel. Wenn ich nachts schlafe, zerkratze ich mir die Stirn. Ich wache davon nicht auf, aber ich kann die Spuren am nächsten Morgen im Spiegel sehen. Sie sind rot und verlaufen parallel zueinander. Mein Smartphone hat einen Sprung, aber jeden Morgen in der U-Bahn spielt es mir trotzdem meinen ganz individuellen Mix der Woche ab. Ich höre »IPhone Flashes Lead the Way to the Underground Clubs« von Croatian Amor und Rose Alliance vom Album »Genitalia Garden« und denke mir, dass die Musik etwas mit mir macht. Alles macht etwas mit mir: die Musik, die Clubs, die ich nie betrete, aber betreten könnte, der Weg zur Arbeit, der letzte Moment, der noch ein kleines bisschen mir gehört, und meine ganz persönliche Dokumentation der innerstädtischen Veränderungen im sehr späten Kapitalismus, die ich auf meinem Instagram-Kanal sammle. Die Werbeanzeigen, die kleinen Videoschnipsel an den Haltestellen, der Takt der Push-Nachrichten, der Trost in meinen Timelines. Ich finde diesen Trost, und allgemein komme ich erst so richtig in Stimmung. Jeff, da wird noch viel mehr passieren. Ich werde Fortbildungen buchen und im Zug meinen Laptop aufschlagen, um eine Präsentation über Storytelling zu erstellen. Ich werde eine Story entwerfen, die das ganze Konzept unseres Unternehmens, seine Philosophie und seine revolutionäre Technologie beinhaltet, mit der wir den ganzen Holiday-Sektor erschüttern werden. Ich werde niemals wieder eine Maus sein. Mit meinen Kolleginnen werde ich auf Barcelonas Flughafen den Harlem Shake tanzen und jemand wird alles aufnehmen und das Video anschließend online stellen. Ich bin bereit dafür. Ich war immer bereit. I WAS BORN READY, YOU PRICK. Ich war schon immer da, du hast ja keine Ahnung. Ich war schon lange vor dem Hype da, und wenn diese Stadt niederbrennt, werde ich da sein, um sie wieder aufzubauen. Und ich werde gemeinsam mit meinen Chefs saufen und gemeinsam werden wir abstürzen. Bald habe ich eine normale Größe erreicht. Ich war so lange so klein. Jetzt werde ich größer und kooperativer. Meinem Head drehe ich unten auf dem Parkplatz eine Zigarette und erzähle ihr von dem Kapitallektürekurs, den ich einmal besuchte. Ich diskutiere mit ihr über sämtliche Thesen der Gesellschaft des Spektakels. Wie gut alles funktioniert. Manchmal läuft es so gut, dass es mir Angst macht. Dann schaue ich mir zusammen mit meinen Mitarbeitern die YouTube-Zusammenschnitte über die Jugendlichen an, die gerade vor Gericht erfahren, dass sie lebenslänglich bekommen, wo die Jungs vor Verzweiflung weinen und sich vollkotzen und alles. Dann geht es mir wieder besser. Ich glaube nicht, dass die anderen manchmal Angst haben. Sie feiern wirklich hart. Jeff, du kannst dir nicht vorstellen, wie hart sie feiern und ich gebe mir Mühe, genauso hart zu feiern. Nicht für dich oder mich, nicht für uns, nicht einmal für die Company. Wir sind es einfach schuldig.

DIE BERGE UNTER DER STADT

»Moby Fett!«, sagte Rocko und deutete auf den Berg. Er hatte seine Handschuhe abgestreift, sodass die Tätowierung des bösen Hasen aus Watership Down auf seinem Handrücken gut zu sehen war.

Achill nickte: »Er ist wirklich sehr groß.«

»Kapierst du nicht? Moby Fett so wie Moby Dick. Weil er weiß ist.« Rocko lachte meckernd. »Wie das riecht, wie das riecht. Fick mich hart. Verstehst du wirklich nicht?«

Achill nickte noch einmal. Er verstand den Witz nicht. Der Witz interessierte ihn nicht. Ihn interessierte der Berg. Für diesen Berg war er hinabgestiegen zu den dunklen Flüssen unter der Stadt. Für diesen Berg war er hier, für diese stinkende, geronnene Masse. Dieser Berg war seine Aufgabe.

Achill räusperte sich: »Wir müssen nach der weichen Stelle suchen.«

So fing es meistens an: mit der Suche nach einer weichen Stelle, an der das Fett noch nicht vollständig hart geworden war. Erst kamen die Hochdruckreiniger, dann die Pickel. Wenn es Zeit für die Pickel wurde, fing die wahre Plackerei an.

Achill ging langsam um den Berg herum. Es war nicht sein erster. Sie hatten in den letzten Jahren zugenommen, immer häufiger wurde er per Nachricht hinab in die Kanalisation geschickt, wenn eines dieser Objekte den Fluss des Abwassersystems unterbrach.

Achill hatte gedacht, er würde sich an ihren Anblick mit der Zeit gewöhnen, doch er musste jedes Mal innehalten.

Rocko hatte ihm am Morgen eine aufgeregte Textnachricht geschickt und von einem richtigen »Big Boy« geschrieben, einem »Big Bad Boy«, einem richtigen Koloss. Er hatte nicht gelogen. Achill schätzte ihn auf vielleicht sechzig Kubikmeter, wie er da vor ihm lag, die Zuflüsse verstopfte und im Licht der Scheinwerfer glitzerte. Eine feste, glänzende Masse, voller Kerben und Beulen, harten Kanten und glatten Flächen, schmierig schimmernd hier und matt geronnen dort, ein Massiv, das den ganzen Schacht ausfüllte. Ein ganzer Berg aus Fett.

Berge wuchsen langsam. Achill hatte bei seinem ersten Einsatz vor drei Jahren ein kurzes Dokument einer Expertin gelesen, die irgendwo im Norden studiert hatte und sich mit Abflusssystemen beschäftigte, mit ihren Strömen, ihren Dämmen und ihren verzweigten Tunneln. Sie sprach in ihrem Paper andauernd von Verseifung, was Achill nicht verstand, weil Seife nicht der Faktor war, der die Berge wachsen ließ. Es war das Öl, das literweise in die Abflüsse gegossen wurde, altes Öl, ehemaliges Frittierfett, ranzige Ströme, die nicht versiegen wollten. Irgendwo in den Schächten unter der Stadt trafen diese Ströme auf feuchtes Toilettenpapier und hinabgespülte Damenbinden, Material, das nicht zerfiel, und fanden dort die Oberfläche, an der sie gerinnen konnten. Berge wuchsen langsam. Irgendwo blieb das Fett hängen und zog weitere Elemente an sich, immer mehr kleine Partikel verfingen sich an der Oberfläche und wurden ins Innere der Masse gezogen, die sich erweiterte und heranwuchs. Achill hätte dieses Wachstum sehr gerne beobachtet, doch was er sah, war nur das Verschwinden.

Etwas auf der Oberfläche des Bergs erregte seine Aufmerksamkeit.

»Wächst da etwas?«

»Kann sein«, nuschelte Rocko und tippte auf seinem Phone herum. »Vielleicht sind es aber auch nur Haare, die sich da gesammelt haben. Letztes Mal waren auch Haare drauf.«

Er betrachtete sich auf seinem Phone und schoss ein Selfie vor dem Fettberg: »Eine kleine falsche Perücke für unseren gestrandeten Wal.«

Achill suchte weiter nach Fragmenten des Lebens, die hier in geronnenem Fett eingeschlossen waren, doch er sah nur eine Masse.

»Wann kommt jetzt diese Künstlerin?«

Sie hatte geschrieben. Nach vier oder fünf falschen Adressen war sie tatsächlich bei Achills Abteilung gelandet und hatte seinen Chef davon überzeugt, ihr die Erlaubnis zu geben, die Arbeit an den Bergen zu filmen.

Wie sie auf die beiden aufmerksam geworden war, hatte sie in ihrer sehr freundlichen E-Mail nicht geschrieben, aber Achill wusste, dass es mit ihm zu tun hatte.

Achill war ein Meme geworden. Ohne dass er zunächst etwas davon mitbekam, war er zu einer mittelgroßen Berühmtheit herangereift, Tausende hatten sein Bild mit weißer Schrift versehen, geteilt und wieder geteilt, hatten ihn in immer wieder neue digitale Räume gestellt, 107 Kilobyte mit seinem Gesicht und dem Schriftzug »Weg vom Gebirge!«.

Ein Screenshot einer Dokumentation. Das war das letzte Kamerateam gewesen, das sie hier unten besucht hatte, hier unten bei den dunklen Flüssen. Bevor er den Hochdruckreiniger anwarf, hatte sich Achill noch einmal umgedreht und den Kameramann angewiesen zurückzutreten: »Weg vom Gebirge!«

Monatelang hatte er sich keine Gedanken darüber gemacht, was dieser Satz einmal bedeuten könnte. Jeden Morgen hatte er einen neuen Song gehört und war hinabgestiegen, wenn es etwas zu tun gab, wenn die dunklen Flüsse nicht mehr fließen konnten.

Doch jemand hatte die Dokumentation aus schwerer Langeweile in einer schlaflosen Nacht angesehen und ihn darin erblickt: ein schwitzendes, aufgeregtes Gesicht, das diese Worte sprach: »Weg vom Gebirge!«

Vielleicht waren es seine weit aufgerissenen Augen gewesen, seine glänzende Stirn oder der massive Fettberg im Hintergrund. Achills Bild hatte eine Reise begonnen, die 107 Kilobyte wurden vervielfältigt und verbreitet und er selbst wuchs zu einer Berühmtheit heran, warnte vor Sexbots und Clickbait-Seiten, vor ermüdenden Blockchain-Diskussionen und nachbearbeiteten Porträts, ohne dass er davon etwas erfuhr. Achill wurde zu einer namenlosen Berühmtheit, hatte einen eigenen Eintrag bei knowyourmeme.com und fuhr doch jeden Tag in den Vorort hinaus, wo keine Bäume an den Straßen wuchsen.

»Wenn wir den Berg anstrahlen und euch dann als Schatten davor bei eurer Arbeit zeigen – das ist das Bild, das ich haben will.«

»Was?«

»Euch als Schatten vor dem Berg.«

Achill blinzelte. Die Künstlerin lief nickend vor dem Berg auf und ab. Das Licht ihrer Stirnlampe flackerte durch den Schacht. An der Decke bildeten sich Fett-Stalaktiten dort, wo ein Teil des Bergs abgebrochen war.

»Euch als Schatten vor dem Berg – das ist das Bild und dann filmen wir das. Richtig lange. Könnt ihr die Jacken ausziehen? Diese Streifen stören.«

»Die Jacken sind Vorschrift«, murmelte Achill, während ihm Rocko zuzwinkerte.

Sie stellte sich als Mady vor und sprach sofort von ihrem

Projekt, dass noch Scheinwerfer fehlten, und fragte, wo der Rest des Teams sei.

»Mir geht es vor allem um die Abfälle, um ihre Oberfläche«, sagte Mady.

»Okay«, sagte Achill.

»Das wird das Backdrop für eine experimentelle Komposition werden. Der Berg verschwindet im Rhythmus der Musik. Oder vielleicht lassen wir die Aufnahmen auch zurücklaufen: Der Berg wächst im Rhythmus der Musik.« Sie schüttelte den Kopf mehrmals hin und her. »Das hängt natürlich auch vom Stück ab, ob alles eher anwächst oder zusammenfällt. Aber wir brauchen die Bewegung.«

»Okay«, sagte Achill.

»Wunderschön«, sagte Rocko und schoss ein Bild von ihr, ohne um Erlaubnis zu fragen.

Achill dachte, dass die Berge nicht deshalb interessant waren, weil sie die Ausscheidungen der Stadt über ihnen einfingen, sondern weil sie sie verbargen. Das Fett nahm alles auf und verschloss es in seinem Inneren, bildete feste Krusten darüber, hinter denen alles verschwand, alle Formen und Farben: Dreck, Kot, Papier, verstorbene kleine Haustiere. Am Ende bildete sich eine Masse, ein wachsender Block. Niemand konnte mehr erkennen, wer das alles einmal verursacht hatte, keine Spur führte von hier nach oben, kein Alltag wurde in den Überbleibseln sichtbar. Das gefiel ihm: ein großes, alltägliches Verschwinden im Fettgebirge.

Achill dachte, dass es gut war, dass es irgendwo einen Ort gab, an dem Dinge verschwanden. Dinge sollten irgendwann verschwinden.

Jede Woche bekam er neue Mails. Journalisten wollten eine Reportage über ihn schreiben. Eine neue Auflage von: der Mensch hinter dem Meme. Das Schicksal, das Leben, das Konkrete, das Echte. Podcaster wollten Gespräche mit ihm führen. Alle wollten ganz nah herankommen. Sie hatten damals schon Dimitri den Nihilisten aufgespürt, den Hundemann und den Elephantiasis-Jungen, aber die Möglichkeit einer neuen Geschichte scheuchte sie alle wieder auf und Achill konnte nicht verschwinden. Nur wenn er hier unten war. Bei den dunklen Flüssen stand er in ewigem Gestank, sprach nicht, und was sich ihm näherte, waren Ratten, Spinnen und andere Dinge, die sich bewegten, aber keine Menschen mit Interesse an ihm. Hier unten war der Puls der Stadt ein dumpfer, und er musste keine Fragen beantworten.

So war es an gewöhnlichen Tagen.

»Hämorrhoiden«, sagte Achill.

»Bitte was?«

»Hämorrhoiden«, sagte er noch einmal. »Es liegt wohl an den Hämorrhoiden. Die Menschen bekommen immer mehr Hämorrhoiden und benutzen deshalb mehr feuchte Toilettentücher.«

»Oh mein Gott …«

»Und das Fett. Frittierfett vor allem. Es müsste anders entsorgt werden, aber die meisten Menschen spülen es hier runter. Es gibt da eine Untersuchung. In der steht, um wie viel Prozent in den letzten Jahren der Verbrauch von Frittierfett zugenommen hat. Aber ich habe die genaue Zahl vergessen.«

Er schnaufte: »Wir sind zu viele für diese Tunnel. Die Tunnel sind zu klein für das, was darauf gewachsen ist.«

Ihr Blick blieb für einen kurzen Moment an seiner Nase hängen, dann wirbelte sie herum und rief in den Tunnel, wo die Kamera bliebe. Die Kamera hätte schon längst geliefert werden sollen.

Achill fuhr mit der Bahn in seinen Vorort zurück. Er dachte an Madys Gesicht in dem Moment, in dem sie über seine Erklärungen nachdachte. Sie hatte ihren Unterkiefer nach vorn geschoben und sich mit den Zähnen die Oberlippe gekratzt. Ihre Züge verformten sich dabei zu einer Grimasse wie aus einem Gruselfilm für Kinder. Aber direkt danach, vielleicht weil die Bewegung anstrengend war, hatte sich ihr Gesicht vollkommen entspannt und da sah sie einfach nur müde aus und sehr viel jünger und gleichzeitig sehr viel älter. Achill starrte auf Reklame hinter Reklame, die jenseits der Scheibe an ihm vorbeirauschten, und fragte sich, wie das gehen konnte, dass jemand in einem solchen Moment sowohl jünger als auch älter aussah.

Währenddessen deuteten pastellfarbene Frauen vor pastellfarbenen Hintergründen mit viel zu langen Fingern auf ihn und fragten, an welchem Tag er aufgehört hätte, die Zukunft als offenen Raum der Möglichkeit zu betrachten.

»Die Zukunft«, sagten die Untertitel in der nächsten pastellfarbenen Werbung, die über eine ganze Gebäudefront flackerte, »die Zukunft, das bist du.«

Die Zukunft, dachte Achill. Die Zukunft ist alles, was nicht ist. Die Zukunft ist unsichtbar. Niemand weiß, wie sie aussieht. Wenn sie da ist, ist sie nicht mehr die Zukunft, sie verschwindet permanent. Niemand kann in der Zukunft leben. Das gefiel ihm.

Während er weiterfuhr, erhielt er eine Mail seines Chefs, der ihm schrieb, dass er es richtig schön fände, wenn Achill in einem der Podcasts auftreten würde. Es wäre schön – für ihre Arbeit, für ihn, für das Team. Es wäre auch eine Chance, für ihn, für das Team. Deshalb solle er sich das doch noch einmal überlegen, weil Chancen – die kämen nicht jeden Tag.

Auf dem niedrigen Flachdach auf der anderen Straßenseite filmte sich ein breiter Mann mit öliger Haut. Er tanzte vor der Kulisse heruntergekommener Urbanität im Licht eines Strahlers und fuchtelte mit einer Machete in der Luft herum. Der Beat war unhörbar in seinen Ohren. Die Bewegungen wiederholten sich. Immer wieder dieselbe stumme Warnung an Konkurrenten, Feinde, namenlose Existenzen und andere Kleinunternehmer, die nur darauf warteten, gefickt zu werden.

Achill beobachtete ihn aus dem zehnten Stock und aß ein hartgekochtes Ei, das in Sojasauce schwamm. Die Kulisse dort unten war beliebt bei allen Persönlichkeiten digitaler Plattformen. Er hatte schon Capoeira-Tänzerinnen der Welt ihre Leidenschaft erklären sehen, dutzende Yoga-Trainer, die zwischen Schornsteinen und Antennen durchs Vinyasa flossen, Paare tanzten Tango, um tangoferne Produkte zu bewerben. Das Nachmittagslicht war einfach perfekt.

»Was tut er da?«

»Er ist der Fettflüsterer.«

»Ernsthafte Antwort bitte.«

»Er hat ein Gefühl dafür. Ich kann es auch nicht so wirklich erklären. Jemand muss nach den Sollbruchstellen an der Kruste suchen, also die Stellen, an denen wir anfangen, den Berg aufzubrechen. Das wird sonst eine ziemliche Plackerei. Richtig böse und alles.«

Achill stach mit einem Metallstab in die Fettkruste und spürte vorsichtig dem Widerstand nach. Dann wiederholte er die Bewegung einen Meter weiter links und arbeitete sich langsam die gesamte Breite des Fettbergs entlang.

Achill hörte hinter sich falsche Kamerageräusche, als Mady anfing, Fotos von ihm zu schießen, während Rocko sie erneut fragte, ob er dann auch zur Premiere kommen dürfe. Achill seufzte. Wenigstens war sein Gesicht nicht zu sehen. Der Metallstab blieb hängen und für einen Augenblick war er sich sicher, eine Vibration durch das Material zu spüren, als wäre eine Bewegung durch das Fett gegangen. Aber vermutlich war das nur eine Täuschung, durch seine Nervosität entstanden und gewachsen.

Er rief Rocko zu, dass er die Hochdruckreiniger in den Schacht bringen solle. Als Achill sich umdrehte, sah er, dass Mady ihr Phone und ihre Kamera hatte sinken lassen. Sie starrte auch nicht mehr ihn an. Ihre ganze Aufmerksamkeit war auf den hellgrauen Berg gerichtet. Sie blinzelte sehr oft.

»Wie fängt es an?«, fragte sie leise.

Gemeinsam betrachteten sie den Berg eine Weile, ehe Achill antwortete.

»Sie entstehen nicht immer unter den Vierteln, in denen die meisten Menschen wohnen. Man würde das ja vermuten, aber es ist nicht so. Am Anfang gibt es immer einen Zufall, irgendeinen kleinen Faktor, ein kleines Hindernis und dann staut sich alles. Aber wir werden erst zu den Bergen gerufen, wenn sie schon so groß sind, dass niemand mehr sagen kann, wie sie gewachsen sind.«

»Der Anfang verschwindet«, sagte sie.

»Der Anfang verschwindet immer«, sagte er.

»Die Kamera ist immer noch nicht angekommen.«

»Das macht nichts«, sagte er. »Wir werden noch eine Weile hier unten sein.«

»Gewöhnt man sich irgendwann an den Geruch?«

»Irgendwann riecht man überhaupt nichts mehr.«

»Gut.«

Der Rapper mit der Machete hatte sich einen Freund mit aufs Dach genommen. Der Freund unterbrach ihn alle fünf Minuten und dirigierte seine Bewegungen mit der Machete. Am Rand des Dachs warteten zwei Yoga-Lehrerinnen darauf, dass sie als nächstes den guten Platz im späten Sonnenschein benutzen dürften.

Achill las zwei weitere Mails seines Chefs, der ihn jetzt weniger freundlich dazu aufforderte, sich bei den Podcastern zu melden.

Achill las: »Wir brauchen das jetzt.«

Achill las: »Ich weiß, dass du dich, genau wie alle anderen, weiterentwickeln willst. Du willst dich doch weiterentwickeln?«

Achill legte sich schwitzend auf sein Bett und stellte sich vor, wie die Bilder seines Lebens, alle Zeichen seiner Existenz, alle Spuren, alle Gegenstände, die er jemals besessen hatte, in einem großen Massiv aus sich verhärtendem Fett verschwanden.

Das Fett wurde immer härter und härter, wuchs und wuchs, wurde hart wie Stein und verstopfte das gesamte System der dunklen Flüsse, bis sich nichts mehr bewegte.

»Was hältst du von ihr?«, fragte Rocko, während sie, bevor sie hinabstiegen, darauf warteten, ob das Multiwarngerät wegen explosionsgefährdeter Atmosphäre zu piepsen begann. Er kaute angestrengt und nervös und ließ dann eine Kaugummiblase direkt auf den tätowierten Schnurrbart unter seiner Nase platzen.

»Ich dachte, das wird geil mit ihr«, sagte Rocko, und die nächste Blase platzte. »Ich dachte, die hat was drauf. Fick mich hart. Da passiert doch nichts. Das ist doch nichts. Das ist doch überhaupt nichts.« Er wartete nicht auf eine Antwort, sondern schimpfte weiter über Mady, die ihm immer noch nicht gesagt hatte, ob sie ihn mit zur Premiere der Videoarbeit nehmen würde.

Dann zogen sie das Multiwarngerät aus dem Schacht.

Rocko war ehrlich gekränkt, weil Achill zum Meme geworden war und nicht er. Jede Woche sagte er mindestens einmal, wie schrecklich es sei, dass ausgerechnet Achill, der mit diesem Ruhm nichts anfangen konnte, zur Berühmtheit erkoren wurde. Ein paar Monate unscharfen Ruhms. Rocko hätte etwas damit anfangen können. Rocko hätte es nicht einfach so ignoriert. Er hätte einen Weg heraus aus den stinkenden Gängen gefunden. Rocko hatte nur 1.122 Follower auf seinem Account für Tätowierungen im Ignorant Style. Rocko war eigentlich immer unzufrieden. Die Anwesenheit einer Frau wie Mady zeigte ihm diese Unzufriedenheit noch deutlicher. Sie brachte Unruhe, weil ihre reine Anwesenheit von Zukunft erzählte.

»Ich weiß nicht, Rocko«, sagte Achill, der es wirklich nicht wusste. »Sie wird einen Film drehen und dann wird sie wieder gehen und alles wird wieder normal sein.«

Er glaubte es selbst nicht. Während sie langsam hinabstiegen und mit jeder Sprosse die Geräusche der Stadt verstummten, dachte er: Nichts würde wieder normal werden. Heute Abend würde er zwei neue Mails seines Chefs in seinem Postfach vorfinden, und auch wenn er die Push-Nachrichten seines Mail-Programms deaktiviert hatte, würde er wissen, dass die Mails warteten. Und in den Mails die Gekränktheit eines Mannes, der sich ernsthafte Gedanken um Achills Team Spirit machte. Niemand durfte nur seinen Job erledigen.

»Fick mich hart«, stöhnte Rocko. »Denk doch mal an uns. Sie wird irgendwo einen schönen kleinen Vortrag halten und schöne kleine Sätze aufsagen, und wir werden immer noch hier unten sein.«

»Ich finde es nicht schlimm, hier unten zu sein, Rocko«, sagte Achill und meinte es auch so. Niemand beobachtete seine Schritte, die Tunnel rauschten sanft und warm. Niemand sah ihn. Niemand stellte Fragen. Irgendwo wartete der Berg und irgendwo anders wuchs bereits der nächste.

»Ich finde es nicht schlimm, Rocko. Einer muss sich ja darum kümmern. Es ist eine wichtige Arbeit.«

»Es ist Scheißarbeit. Es ist Scheißarbeit im wahrsten Sinne des Wortes.«

»Wie bei einem Verkehrsstau«, sagte Mady und warf den nächsten flüchtigen Blick auf ihr Phone.

»Ja«, sagte Achill und überprüfte die Pumpen.

»Alles friert ein. Nichts bewegt sich mehr.«

»Genau.«

»Stillstand«, sagte sie.

»Immer noch keine Kamera?«

Wieder konnte er für die Dauer eines kurzen Augenblicks die Müdigkeit sehen, die sich hinter ihren angestrengten Zügen verbarg. Das harte Licht der Scheinwerfer um sie herum warf dunkle Kanten auf ihre Haut.

In den Schatten wanderte Rocko umher, gekränkt und wütend.

Sie schüttelte den Kopf.

»Morgen dann«, sagte Achill.

Sie schüttelte wieder den Kopf. »Ich weiß auch nicht. Manchmal habe ich das Gefühl, dass außer mir niemand dieses Projekt ernst nimmt. Manchmal frage ich mich, warum ich das mache.«

Achill schwieg und betrachtete seine schmutzigen Arbeitsschuhe. Mady hob und senkte etwas hilflos ihre Hände.

»Am Ende weiß auch niemand, ob das Video überhaupt gezeigt wird. Und dann verbleiben Stunden an Filmmaterial auf irgendeinem Server. Stunden an Arbeit und all das Schöne, was da vielleicht passiert, und es werden Dateien daraus, die niemand betrachtet. Und ich sage mir, ich nehme es auf, weil es um euch geht, wie ihr da arbeitet, aber es geht eigentlich um mich.«

»Es geht immer um irgendwen«, sagte Achill.

»Und ich dachte, ich könnte mal etwas machen, das wirklich etwas bedeutet, das Menschen aufrüttelt und ihnen die Welt anders zeigt und irgendwie wirklich wichtig wäre. Geht es nicht darum? Dass man am Ende etwas gemacht hat, das wirklich wichtig ist? Etwas, das auch noch bleibt und woran jemand denkt?«

Sie sagte, dass sie manchmal ganz unerträgliche Gedanken habe: dass sie eines Tages gehen müsse und nichts hinterlasse, das jemanden berühre.

Sie fragte ihn, ob er das verstehen könne.

Achill sagte: »Vielleicht.«

Müde, dachte Achill in der Bahn. Sie sah immer müde aus, auch wenn sie mit wacher Stimme sprach. An eine glatte Betonwand hatte jemand in riesigen Lettern »Do you like scary movies?« gesprüht. Eine weitere pastellfarbene Werbung fragte ihn, ob er es nicht langsam leid sei, sich so viele Sorgen zu machen.

Ich mache mir keine Sorgen, sagte er stumm und ignorierte weiterhin sein Mail-Programm. Die ganze Welt macht sich Sorgen, aber ich lebe ohne. Ich weiß, was zu tun ist. Ich weiß, wo alles stehen bleibt. Ich weiß, wo die dunklen Flüsse erstarren. Ich weiß alles, was ich wissen muss.

Auf dem Flachdach spiegelte sich die späte Sonne in öligen Pfützen, die metallisch glänzten. Der Rapper mit der Machete war an diesem Tag nicht erschienen. Nur sein Freund stand etwas verloren zwischen drei jungen Männern, die am Rand des Dachs entlangliefen, sich selbst dabei filmten und in die Kameras ihrer Phones sprachen. Er stand da, drehte sich mit den Bewegungen der anderen, die ihn vollkommen ignorierten, und blinzelte gegen das Licht.

Der Berg blendete ihn, als er um die letzte Ecke bog. Er wurde von vier Seiten aus angestrahlt. Neben Mady stand ein Mann, der seinen Oberkörper rhythmisch vor und zurückbewegte. Immer wieder vor und zurück. Der untere Teil seines Gesichts wurde von mehreren OP-Masken bedeckt.

»Wie haltet ihr diesen Geruch aus? Es riecht wie eine Festivaltoilette, die jemand mit Gammelfleisch gefüllt hat.«

Rocko grunzte.

Mady blinzelte sehr schnell: »Ich weiß gar nicht mehr, ob ich euch filmen will. Am liebsten würde ich einfach nur den Berg filmen, ohne dass sich etwas verändert. Einfach nur diese Landschaft aus Fett. Eine ewige Landschaft aus Fett. Aber so, dass sie strahlt und glitzert. Mit der Kamera durch die Täler fahren und wieder hinaus.«

»Was?«, sagte Rocko.

»Was?«, sagte Mady, ohne den Blick vom Berg abzuwenden.

»Ich kotze gleich«, sagte der Mann mit den Masken.

»Wo bleibt das Equipment?«, fragte Mady schwach, dann kniff sie ihre Augen angestrengt zusammen und wurde laut: »Das hätte alles schon vor Stunden hier sein sollen. Vor Stunden. Eigentlich gestern schon. Und jetzt warte ich immer noch.«

Ein paar Ratten flüchteten, und Achill winkte ihnen hinterher. Es war Zeit für die Hochdruckreiniger.

Mady rief ihrem Assistenten die Frage zu, wie er sich das alles vorstelle und ob er vielleicht schon einmal daran gedacht habe, einen Anruf zu tätigen, oder ob er davon ausgehe, solche Probleme lösten sich von ganz allein. Achill fiel auf, dass ihre Stimme während der wütenden Ansprache schnell höher wurde und dann nach einer kurzen Pause plötzlich sehr tief, als wäre es ihr selbst aufgefallen.

Für einen Augenblick schaute ihr Achill hinterher, dann winkte er Rocko zu sich heran.

»Wir brauchen die Hochdruckreiniger.«

»Das war ein Fehler«, sagte Rocko und bewegte sich nicht von der Stelle. »Das ist nicht cool, sage ich dir. Ich dachte, sie wäre in Ordnung, aber die ist doch nicht ganz richtig, findest du nicht? Hast du ihr nicht zugehört?«

»Ich weiß nicht, was du meinst, Rocko.«

»Das ist doch die Lahmheit, diese Aktion hier unten. Die schlimmste Lahmheit überhaupt. Hör dir doch an, was sie sagt. Ich weiß nicht mal, ob sie eine richtige Künstlerin ist. Professionell ist auf jeden Fall anders.«

»Die Hochdruckreiniger, Rocko ...«

Rund um seine Füße floss das Fett ab und wurde von einer großen, bläulich glänzenden Maschine abgepumpt. Der Berg schrumpfte. Alles, damit der Strom an Fäkalien und Abfällen wieder geregelt fließen konnte.

Auf der Straße dämmerte es, als Achill wieder an die Oberfläche trat. Er streckte sich und ließ seinen Blick über die bunten, warmen Lichter der Stadt schweifen. Keine zehn Meter entfernt saß Mady auf einer Bank und tippte wütend und schnell auf ihrem Phone herum. Der Himmel war klar und warm, und die Luft roch nach verbranntem Gummi.

»Wieder keine Kamera heute?«

Sie schüttelte den Kopf und kratzte ihre Lippe mit dem Unterkiefer. Achill hätte sich gerne zu ihr gesetzt, aber er traute sich nicht.

»Es müsste etwas geschehen«, sagte sie.

Achill dachte nach. »Es geschieht doch schon.«

»Nein, anders. Man wächst sein ganzes Leben mit dem Versprechen auf, dass noch etwas geschieht, etwas Großes, etwas Warmes. Etwas mit Bedeutung. Und darauf arbeitet man dann hin, weil man weiß, dass es kommen wird. Und wenn es geschieht, wird man es erkennen. Man wird es erkennen als das, was es ist. Aber was, wenn das alles Lügen waren? Wenn nicht jeder etwas Großes bekommt?«

Ihre Augenlider flackerten. »Was, wenn das alles Lügen waren?«

Achill dachte nach: »Es sind Lügen.«

Sie lachte kurz auf und sackte dann auf der Bank zusammen.

»Sag doch so was nicht. Ich bin noch nicht bereit dafür.«

»Es sind Lügen, aber das ist nicht schlimm.«

Die Zukunft, dachte Achill, während ihm Mady eine Angst nach der anderen aufzählte und die Sonne sich langsam hinter das Glas der Stadt zurückzog und andere Lichter die Straßen übernahmen, die Zukunft konnte keine Versprechen einlösen.

Achill dachte an seinen Kontostand, an die Quadratmeterzahl seiner Wohnung und die dutzenden traurigen Menschen auf dem flachen Dach, die von dort nachts in einen Himmel voller Lichtsmog blickten, der auch den Sternen die Sicht verwehrte, und sagte trotzdem: »Nein, es ist nicht schlimm.«

Die Schächte blieben unbeeindruckt vom Wechsel zur Nacht. Der Lichtkegel von Madys Phone flackerte über das schlammige stinkende Wasser. Beide waren fast beschwipst von dem Gefühl, hier etwas verlieren zu können.

Ihr Berg wartete auf sie.

Sie streiften vorsichtig an seinen Ausläufern entlang, und Achill zeigte ihr die Stalaktiten und Stalagmiten aus beinahe versteinertem Fett. Gemeinsam suchten sie den bleichen Berg nach den Stellen ab, an denen noch zu sehen war, aus welchen Materialien er einmal gewachsen ist, und waren glücklich, dass sie nichts erkennen konnten.

Achill versuchte, ihr das Verschwinden zu erklären, und fand keine richtigen Worte dafür, weil er noch nie in seinem Leben Worte hatte suchen müssen, doch Mady lachte ihn nicht aus und wartete nicht auf den Moment, in dem sein Gestotter vorbei wäre, sondern hörte zu, nicht ungeduldig, nicht abschätzig, sondern so beiläufig, dass sie ihm beinahe das Gefühl gab, niemand höre zu.

Es war schön, dass sie nicht dauerhaft so fühlen würden wie in diesem Moment, in dem sie außerhalb von allen Strömen dieser Stadt und dieser Welt standen, an dem Punkt, an dem alles Stillstand war, und es keine Zukunft, keine Bewegung, keine Erwartung, kein Versprechen gab. Hier war nur der Berg, aber der Berg würde verschwinden.

Eine handtellergroße Spinne mit bläulichen Haaren krabbelte über einen der Fettfelsen, flüchtete vor dem Lichtkegel des Phones und ihren Stimmen. Achill war jedes Mal erstaunt, dass die Ratten hier unten viel kleiner als erwartet waren und die Spinnen mit jedem Jahr größer wurden.

Achills Reden verliefen sich im steten Tropfen, im dumpfen Rauschen der Ferne und des Untergrunds. Mady streckte ihre Hand aus. Sie wollte ihm etwas zeigen, doch Achill ergriff ihre Hand und hielt sie fest. Erst sah sie ihn überrascht an, ihr Kiefer ging wieder nach vorne, dann stieg sie vorsichtig über einen Fettausläufer in der Form einer Kugel und drückte ihre klebrige Stirn auf seine.

Der leise Piepton des Multiwarngeräts verriet das Sinken des Sauerstoffgehalts im Schacht.

Etliche Stationen entfernt stieg ein erfolgloser Rapper langsam das Treppenhaus eines Betongebäudes mit Flachdach empor, die stumpfe Machete unter dem Arm eingeklemmt. Auf dem Dach angekommen sah er sich langsam um, suchte die Fläche nach weiteren Menschen ab, suchte in jeder Ecke und jedem Schatten. Dann atmete er tief ein und aus, baute seine Amateurkamera auf und drückte auf Record. Die Aufnahme lief, er hob langsam die Machete dem Nachthimmel entgegen und schwieg.

UNSER FLECKEN

Sie standen alle am Rand des Felds, stumm und wartend. Eine Menge, von einer Absperrung zurückgehalten. Von weitem schon waren sie zu sehen, so viele Rücken nebeneinander. Eine Menge, die mir die Sicht versperrte. Niemand sprach ein Wort, alle warteten. Niemand bewegte sich, als wäre es nicht ganz klar, ob man sich bewegen durfte. So fing es an. Ich erinnere mich.

Rosa hatte mich geweckt. Ich hatte lang geschlafen, weil wir alle Wecker aus unserem Haus verbannt hatten, aus unserem Haus, das in unserer Ortschaft stand. Wir wollten ein neues Zeitgefühl erreichen, das war Teil des Plans und der Plan war wichtig. Man kann nicht langsam werden, wenn man bis zu einer bestimmten Uhrzeit aufgestanden sein muss. Deshalb hatten wir die Städte verlassen. Die Städte, ja, die Städte gehörten den automatisierten Lieferdiensten, den Video-Snippets, den Content-Häppchen, die dir auf dem Weg nach Hause erklärten, wie du die universelle Körpersprache der Menschen lesen kannst. Das hier war etwas anderes. Wir wollten langsam werden.

Ich bemühte mich, meinen Ärger zu unterdrücken, umfasste Rosas Gesicht mit meinen Händen und sagte besonders sanft: »Es gibt doch überhaupt keinen Grund zur Eile. Wir sind doch hier, exakt so, wie wir sein sollten und wollten.«

Ich wusste, dass es die richtigen Worte waren, um sie wieder an unser Vorhaben zu erinnern, unseren Plan, der kein Plan mehr war, sondern die Wirklichkeit, die Gegenwart. So war das doch.

Sie aber schüttelte den Kopf und sagte: »Es ist etwas anderes. Du solltest dir das ansehen.«

»Nichts ist so wichtig, dass wir uns deswegen beeilen müssten. Rosa, wir haben doch schon so oft darüber gesprochen.«

»Nein«, sagte sie und schüttelte immer noch den Kopf. Sie hatte überhaupt nicht aufgehört. »Diesmal ist es wirklich anders. Es ist ernst, so richtig ernst. Ich glaube, da ist etwas wirklich Ernstes geschehen.«

Sie atmete tief ein und aus, bevor sie weitersprach: »Draußen auf dem Feld. Da ist etwas draußen auf dem Feld.«

Rosa habe ich auf einem Seminar kennengelernt. Wir beide gingen mit verbundenen Augen Hand in Hand nackt durch ein kleines Waldstück und gaben uns alle Mühe, den Waldboden mit unseren Füßen zu spüren. Wir waren beide gut vorbereitet und hatten uns bereits am vorigen Abend darüber ausgetauscht, dass wir uns auf diesen Aspekt besonders freuten: den Waldboden so richtig zu spüren, überhaupt ein ganz neues Gefühl zum Boden zu erhalten, Tannennadeln neu zu entdecken, sich an Wurzeln zu stoßen und dabei nicht wütend über den Schmerz zu werden, weil der Schmerz dazugehört. Also gingen wir sehr behutsam und waren darauf bedacht, die Füße richtig abzurollen und jeden Schritt ganz bewusst zu setzen. Später waren wir uns darüber einig, dass dieser Nachmittag niemals genug sein konnte, dass wir genau so leben müssten, auf eine Art, bei der man seine Schritte bewusst setzt. Und langsam. Vor allem wollten wir unsere Schritte langsam setzen.

Hilde löste sich aus der Gruppe. Sie sagte, es gefalle ihr nicht. Nichts davon gefalle ihr. Sie werde gleich den anderen Bescheid sagen. Sie brauche jetzt ein Plenum, weil dieses Ereignis alles durcheinanderbringe.

»Das gefällt mir nicht«, sagte sie. »Die haben gesagt, dass die Kisten fürs Erste nicht bewegt werden dürfen.« Dann musste sie erst einmal Atem holen und fragte: »Was bedeutet das: fürs Erste?«

Und ich sagte nur: »Kisten? Ich weiß nichts von Kisten.«

Aber Hilde ignorierte meine Frage und sprach weiter: Sie sei nicht hierhergekommen, um sich so etwas ansehen zu müssen. »Ich bin doch gerade hierhergekommen, um so etwas nie wieder sehen zu müssen. Dieses Kalte, dieses Industrielle ...«

Ihre Augen waren glasig geworden und sie sah uns hilfesuchend an. Rosa versicherte ihr, dass wir heute Abend auf dem Plenum noch eine Lösung finden würden und fasste ihr kraftspendend an die Schulter. Ich ging ein paar Schritte auf die Menge zu. In diesem Moment trat Walther vor mir zur Seite, und ich sah die Kisten zum ersten Mal.

Niemand musste etwas sagen. Es war mir klar, dass sich damit alles änderte. Wir hatten mit unserem Umzug, mit unserer Entscheidung für unsere Ortschaft ein Gefühl dafür entwickelt, was in diesen Raum gehörte. Ich denke, das ist ein ganz natürlicher Prozess. Es stellt sich ein Bewusstsein dafür ein, was passt und was nicht, wie bei den Signalfarben der Natur. Dass ein bestimmter optischer Reiz sofort eine bestimmte Abwehrreaktion hervorruft, dass der Körper sofort weiß, dass er etwas Giftiges betrachtet.

Ich war nicht der Anführer unserer kleinen Gruppe. Aber ich war der Ruhigste von uns, weil ich wusste, dass wir die Ruhe und die Langsamkeit, nach der wir uns so sehnten, nur erlangen würden, wenn wir sie in uns trügen. So wie ich auf das Seminar im Wald vorbereitet war, so war ich auch auf die Ortschaft vorbereitet, unsere Ortschaft, weit entfernt von der nächsten Schnellstraße. Und weil ich so gut vorbereitet war, hatte ich gedacht, dass ich auch die anderen darauf vorbereiten könnte, sie behutsam an den Ort in ihrem Inneren führen könnte, an dem sie wirklich langsam werden würden.

Ich kann mich immer noch an ihre Stimmen auf unserem ersten Treffen erinnern. An ihre Stimmen und das, was sie mir sagten, was sie mir anvertrauten, weil sie wussten oder ahnten, dass ich sie auf einen Ausweg führen könnte. Ihre Stimmen trage ich immer bei mir, als eine vollkommen organische Erinnerung, besser als jede Aufnahme.

Ich weiß noch, was Hilde sagte. Sie sagte: »Es geht mir einfach alles zu schnell. Ich habe das Gefühl, dass es immer schneller wird. Mit jedem Tag wird noch mal alles schneller. Die Wochen zuerst, aber dann wird aus den Wochen auf einmal ein Jahr und das ist bald auch wieder vorbei. Einfach so. Es geht mir einfach zu schnell und ich kann nicht mehr. Ich will auch nicht mehr.«

Ich weiß auch noch, was Walther sagte. Er sagte: »Ich finde, es sollte auch mal wieder um mich gehen. Jeder braucht doch eine Rolle und ich will wissen, was meine ist. Man muss doch erst einmal sich selbst kennenlernen. Ich glaube, ich muss da noch ganz lange suchen. Nur geht das irgendwie nie. Ich will einfach mal so richtig in mich gehen, mir mal wieder so richtig Gedanken machen. Also Gedanken über mich und die Welt, und wie das alles zusammenhängt und welche Rolle ich da drin habe. Das muss doch alles nicht so ablaufen, wie es jetzt gerade läuft. Es zwingt uns doch niemand, so schnell und unbewusst zu leben. Das läuft doch alles nur so schnell, weil wir es auch zulassen. Aber wir müssen das nicht zulassen.«

Und Rosa sagte: »Ich glaube, das musste erst einmal so sein. Also dass das eine Phase war, die auch notwendig war, die so sein musste. Also für mich, weil ich da viel über mich gelernt habe, wie ich leben will und wie nicht. Aber ich spüre jetzt ganz stark, dass diese Phase vorbei ist. In den letzten Jahren habe ich mich an so vielen Stellen weiterentwickelt. Ich bin ja auch viel gereist und da habe ich festgestellt, dass es da draußen ganz andere Lebensweisen gibt, die wir total vergessen haben.«

Und ich sagte: »Ich weiß genau, was ihr meint.«

Ich wusste wirklich, was sie meinten, obwohl ich es eher spürte, als es zu wissen. Das war vielleicht das Schönste daran: dass ich die Dinge wieder spüren konnte. Wir waren so aufgeregt, als wir schließlich in meinem Auto über den Schotter der Wege fuhren, auf der Suche nach der richtigen Ortschaft, die unsere werden sollte, das Navigationssystem gefüttert mit einer immer länger werdenden Liste an Koordinaten und Namen.

Wie schön war das. Ja, wie schön das war, als wir sie hinter dem hochgewachsenen Gras des Feldes sehen konnten. Uns allen war sie ja zu weit vom Wald entfernt, doch als wir die ersten Häuser langsam passierten und gleich die offene Werkstatt des Tischlers sahen, der im späten Licht des Nachmittags zu uns aufschaute und die Augen zusammenzog, da wussten wir, dass dies der richtige Platz war. Hilde maulte zwar noch über das Misstrauen in seinem Blick, aber ich schüttelte den Kopf, weil ich damals noch davon überzeugt war, dass dieses Misstrauen verschwinden würde. Wir hatten schließlich alle Zeit der Welt und wie schön es war. Dort waren die Tischlerei und wenige Häuser weiter der Metzger mit der alten abblätternden Schrift und nirgendwo war ein Supermarkt zu finden. Weit und breit kein Supermarkt. Allein der Gedanke daran, so weit von schädlichem Neonlicht entfernt zu sein, ließ mich in einem fort zufrieden lächeln. So schön.

Und dann dieser eine Morgen. Ich erinnere mich an diesen einen Morgen.

Sie lagen über das gesamte Feld verteilt und glänzten im Morgenlicht. Einige von ihnen waren umgekippt und lagen auf der Seite, die Deckel waren aufgeklappt. Ich konnte nicht sehen, ob vorher etwas in den Kisten lag. Sie waren vielleicht etwas über anderthalb Meter lang und schienen leer zu sein. Und das Material: Etwas in der Art hatte ich noch nie gesehen. Sie glänzten nicht nur, sie schimmerten und blitzten in verschiedenen Farben. Für einen langen Moment stand ich da und starrte sie an, konnte meinen Blick nicht von ihnen abwenden und nicht aufhören, mich immer wieder zu fragen, wie sie auf das Feld gekommen waren und woher. Es sah fast so aus, als wären sie nicht abgeladen, sondern abgeworfen worden, aus einem Flugzeug vielleicht oder einem Hubschrauber. Ich stand da und konnte nicht wegsehen.

Erst als Hilde rief, dass da keine Reifenspuren seien, riss ich mich zusammen. Ich hatte eine Aufgabe, für mich und für uns alle. Es war wichtig, jetzt sofort zu reagieren und das Gefühl, das uns bald beherrschen würde, zu unterdrücken. Die Kisten waren ein Problem, aber wir würden es lösen können. Ich würde es lösen können. Ich musste es lösen. Niemand anders war dafür bereit.

Ein Stück abseits unserer Gruppe stand der Tischler, die Hände tief in den Hosentaschen seiner weiten Hosen vergraben, den Kopf gesenkt und den Blick trotzdem auf das Feld gerichtet, als wüsste er was.

»Weißt du etwas darüber?«, fragte ich ihn.

Er sah meinen Mund an, während er seinen nachdrücklich schloss, und ich erinnerte mich wieder daran, wie verwirrt er darauf reagiert hatte, dass wir ihn sofort nach unserer Ankunft duzten. Wir hatten sofort Vertrautheit erschaffen wollen.

Der Tischler schüttelte den Kopf: »Sie sagen uns nichts. Nie. Die Polizei sagt nichts.«

»Ich frage mich«, begann ich und blickte wieder auf das Feld, wo einzelne Polizisten vorsichtig um die Kisten herumschlichen, »ich frage mich, woher sie wohl gekommen sind.«

Er zuckte mit den Schultern, nahm eine seiner Hände aus der Hosentasche und fuchtelte damit vor der Absperrung herum.

»Das Feld wird sowieso nicht bestellt.« Dann sah er mir zum ersten Mal in die Augen. In seinem Blick konnte ich überhaupt nichts lesen. »Die Polizei will mit euch sprechen.«

Heute glaube ich, dass er mir noch etwas anderes sagen wollte, aber in dem Moment sackte Hilde mit einer Hand vor dem Mund kurz in sich zusammen, zog dann ruckartig die Schultern nach oben und rannte davon.

Es wäre wahrscheinlich gut gewesen, stehenzubleiben und mit dem Tischler zu reden. Zum ersten Mal seit einigen Tagen gab es immerhin wieder so etwas wie einen Anlass für ein Gespräch, und selbst ich konnte nicht leugnen, dass wir mit ihm nicht den besten Start hatten. Walther war einfach zu überstürzt gewesen. Walther konnte nicht warten. Walther wollte gleich so richtig loslegen und ankommen, wie er das nannte. Kaum hatten wir den Tischler, den Metzger und die Frau aus dem Sportheim bei uns zum Grillen eingeladen, da fing er schon an, den Tischler zu bearbeiten, mit seiner Bewunderung für das Handwerk.

Ich erinnere mich an den ersten Abend.

Ich kann ihn immer noch sehen, wie er dastand, mit einer Hand sein Bier festhielt und sich mit der anderen über die glattrasierte Wange strich, während sein Blick durch den Garten flackerte, auf der Suche nach etwas, das ihm all das verständlich machen konnte. Dann ließ er seinen kräftigen Arm sinken, der aus dem kurzärmeligen Streifenhemd heraushing, das mir gleich zuwider war. Lieber wäre mir ein zerschlissenes und abgewetztes Flanellhemd gewesen, ich wusste jedoch auch, dass alles seine Zeit hatte. Nur Walther verstand das nicht. Er sprach ihn sofort an und fragte, wo er sein Handwerk gelernt hatte. Und der Tischler hörte auf, den Garten abzusuchen und sah Walther direkt ins Gesicht. Lange schwieg er, schließlich sagte er: »Drüben.«

Das Wort war mehr aus seinem Mund gefallen, als dass er es tatsächlich ausgesprochen hätte. Als nächstes starrte er wieder auf sein Bier, dann auf seine Uhr, und ich sah, dass ich einschreiten musste. Also lud ich ein paar gegrillte Auberginen auf einen Teller und ging auf die beiden zu, doch Walther schüttelte energisch den Kopf und nahm mir den Teller sofort ab.

Walther legte dem Tischler die Hand auf die Schulter und sagte, wie sehr er das bewundere, dass jemand noch wisse, wie man ein Regal selbst baue, wie das gehe, so richtig aus echtem Holz und nicht aus Pressspan. Dass er diese ganzen Pressspanmöbel nicht mehr sehen könne und da würde er ihm ja sicher zustimmen: »Ein gutes Regal, das kann ein Leben lang halten. Das kann man sogar weitervererben.« Ein richtiges Stück Holz. Ein richtiges Stück Handarbeit. Für ihn sei das etwas ganz Besonderes.

Und ich sah den Blick des Tischlers, wie seine Augenlider flatterten, und wusste, dass dies kein guter Start war. Aber wir hatten Zeit.

Ich erinnere mich auch an die Frau aus dem Sportheim.

Sie stand neben dem Metzger. Er lächelte sanft, und sie fragte mich, ob es uns hier gefalle.

»Wie kann es einem nicht gefallen?«, fragte ich lachend, wurde bald allerdings ernst und sagte: »Wir mussten einfach raus aus der Stadt. Das hier ist was anderes, das spürt man sofort.

Das haben wir gleich gemerkt, als wir hier das erste Mal waren. Da haben wir uns sofort verliebt.«

»Ja«, sagte der Metzger immer noch lächelnd. »Es ist recht schön hier – manchmal.«

Da standen wir. Er lächelte und ich lächelte und keiner von uns wollte aufhören.

Natürlich sei das alles neu für uns, sagte ich und fügte gleich hinzu, dass wir sie alle gern kennenlernen wollten, dass wir uns darauf richtig freuten, also so richtig – und lächelte noch immer.

»Ja«, sagte der Metzger. »Wir werden uns sicher alle noch richtig kennenlernen.«

»Warum«, fragte die Frau aus dem Sportheim, »habt ihr eigentlich nicht eins von den Häusern gemietet? Man muss ja nicht gleich eins kaufen. Es gibt ja auch genug Leute hier, die Mieter gesucht hätten.«

»Wir wollten eben so richtig ankommen«, sagte ich, und was ich gerne noch gesagt hätte, was ich gerne noch ausgesprochen hätte, wäre das Wort »beweisen«. Ich hätte gerne noch gesagt: Wir wollen uns beweisen.

»Na gut«, sagte sie und kniff ihre Lippen zusammen. »So bleibt das Geld aber nicht in der Ortschaft. Das hat jetzt einer, der überhaupt nicht hier wohnen wollte.«

»Uns war das wichtig«, sagte ich und schielte zum Grill hinüber. »Also so richtig ankommen. Das wollten wir eben.« Und ich dachte: Man kann nicht langsam werden, wenn man zur Miete wohnt. Wir haben jahrelang zur Miete gewohnt und die Mietwohnungen nie wirklich bewohnt. Die Miete unterteilt die Zeit in Abschnitte, in Monatsraten. Wir wollten, dass die Zeit wieder fließen konnte, so richtig fließen, langsam fließen.

»Das werdet ihr sicher auch«, sagte der Metzger sanft. »Ihr werdet sicher richtig ankommen.« Und ich verstand ihn nicht und lächelte erleichtert, weil ich dachte: Einen haben wir schon auf unserer Seite. Der ist uns gewogen, und wenn uns erst einer gewogen ist, wird der auch den Rest überzeugen. Mit einem müssen wir anfangen – mit dem Metzger, der immer lächelte, wenn ich lächelte.

Ich erinnere mich auch an die Polizistin und ihre Fragen. Ich erinnere mich daran, wie wenig es mich wunderte, dass sie überhaupt Untersuchungen anstellten, dass sie das Feld abgesperrt hatten.

Ob wir auch wirklich nichts gehört hätten. Wie lang wir schon in der Ortschaft lebten.

»Erst ein paar Monate«, antwortete ich.

Ob es vielleicht etwas genauer gehe.

Meine Füße standen auf dem feuchten Gras. Meine Füße steckten in Sneakern, und ich schämte mich dafür. Feuchtigkeit drang von den Halmen durch den dünnen Stoff. Ordentliches Schuhwerk, ich hatte immer ordentliches Schuhwerk tragen wollen, doch in der Hektik meines Aufbruchs hatte ich wieder die alten Schuhe angezogen.

»Vier Monate«, sagte ich leise, »wir sind im Mai hier eingezogen.«

Sie notierte sich keine meiner Antworten. Sie blickte mich nur an, nicht misstrauisch, nicht forsch, sondern sehr neutral.

»Warum eigentlich?«, fragte sie.

Hätte ich es ihr erklären können? Nicht an diesem Tag, nicht in diesen Schuhen.

»Wegen der Ruhe«, sagte ich und das war eine gute Antwort.

»Tut mir leid«, erwiderte sie und wischte sich ihre Hände an der Jacke ab. Dabei hatte sie überhaupt nichts angefasst, womit sie sich hätte beschmutzen können. »Wir werden ihre Ruhe wohl etwas stören müssen.«

Dann lächelte sie mich zum ersten Mal an, als würde sie mir

etwas besonders Erfreuliches mitteilen: »Die Kisten werden noch eine ganze Weile da liegenbleiben.«

Ich erinnere mich an Hilde auf ihrem Bett. Sie hatte die Hände über der Decke aufeinandergelegt. Sie richtete sich auf und starrte mich begierig an.

Ich winkte ab: »Wir sollten alle gemeinsam darüber sprechen. Das geht uns alle an. Außerdem will ich nicht dasselbe fünfmal erzählen müssen.«

»Nein«, flehte sie, »ich muss es gleich wissen. Weißt du, wie schlimm sich das anfühlt? Wir sind doch gerade erst angekommen. Nein – wir sind noch überhaupt nicht angekommen. Die ganze Zeit sage ich mir, dass wir ja noch gar nicht angekommen sind und dass das Schöne jetzt erst anfangen kann. Und jetzt das. Wie soll ich mich denn darauf einstellen, dass dort die Kisten liegen? Die gehören nicht hierher. Das hätten wir doch voraussehen müssen, dass so etwas passieren kann. Hast du das nicht geprüft, ob hier Lastenflugzeuge über uns fliegen werden? Hast du das nicht geklärt?«

Mit erhobener Hand brachte ich sie zum Schweigen. Ich musste Ruhe ausstrahlen. Ich erinnere mich daran, dass ich ruhig bleiben wollte.

Also rief ich sie alle zusammen und sprach zu ihnen mit ruhiger Stimme, gab mir große Mühe, meine Worte tief und langsam zu formen und in dem, was ich ihnen erzählte, keine Leerstellen zu lassen, die sie mit ihren Ängsten füllen könnten.

Ich log. Ich log sie an und erzählte ihnen, die Polizistin hätte mir gesagt, die Kisten würden schon bald wieder abgeholt werden. Keiner von ihnen, nicht Walther, nicht Hilde, nicht Rosa, würde verstehen, dass es hier ums Ausharren ging, dass, wenn wir hier wirklich bleiben wollten, ein Monat, ein halbes oder sogar ein ganzes Jahr keine Rolle spielte, dass es uns einmal als lächerlich kurze Zeitspanne erscheinen würde, wenn wir erst wirklich angekommen waren. Wir mussten nur ausharren. Und was ich ihnen sagte, fühlte sich in diesem Moment nicht wie eine wirkliche Lüge an, weil ich mir nichts anderes vorstellen konnte, als dass die Kisten schon bald verschwinden würden. Wir aber würden bleiben.

Ich brauchte die Zuversicht. Ich brauchte die Gewissheit, am richtigen Ort zu sein, dem Ort, der über Jahre hinweg auf meinem Desktop in dem Ordner »Utopia« gewachsen war, Bild für Bild aus Microblogging-Plattformen herauskopiert. Die Kisten wären bald verschwunden. Wir würden bleiben.

Nur verschwanden sie nicht. In den ersten Tagen fuhr noch hin und wieder ein Wagen vor, bald liefen Menschen in weißen Anzügen über das Feld, dann blieb lediglich die Absperrung. Ich wartete ab und während ich abwartete, bemerkte ich die ersten Veränderungen.

Wann immer ich unser Haus verließ, sah ich jemand am Rand der Absperrung stehen und auf die länglichen, glänzenden Objekte starren, die da auf dem Feld verstreut herumlagen. Am ersten Tag war es eine Gruppe Bauern, die schweigend in einer langen Reihe nebeneinanderstanden und nur schauten. Es verwunderte mich, dass sie offensichtlich nicht darüber sprachen, was sie da sahen, dass sie nur gekommen waren, um gemeinsam zu schauen. Von unserem Vorgarten aus beobachtete ich sie eine Weile. Sie blieben sehr lange dort stehen, ehe sie sich wieder zerstreuten. Dann kamen die Kinder, und es dauerte nicht lange, bis ein Mädchen unter der Absperrung hindurchschlüpfte und auf das Feld hinausrannte. Die anderen schrien ihr etwas hinterher, das ich nicht verstehen konnte, doch sie achtete nicht darauf, ging zielstrebig auf die erste Kiste zu und legte ihre Hand auf die glänzende Oberfläche.

Ich erinnere mich an den Augenblick, als ihre Hand das Material der Kiste berührte.

Von meinem Standort aus konnte ich ihr Gesicht nicht gut sehen, deshalb kann ich bis heute nicht sagen, ob sie es verzog oder ob sie dabei lachte, aber kaum, dass ihre Hand die Kiste berührte, wurde sie sofort wieder weggezogen, als hätte sie einen elektrischen Schlag durch das Material erhalten. Sie lief nicht gleich weg, sondern blieb einen Moment stehen und hielt dabei die Hand etwa zehn Zentimeter von der Kiste entfernt in der Luft. Ich kniff die Augen zusammen, um sie besser sehen zu können, denn die Art, wie sie ihre Hand über der Kiste schweben ließ, machte mich unruhig. Mein Atem ging schneller, ich wurde den Gedanken nicht los, dass mir dieser Moment etwas sagen sollte, dass es hier etwas zu erfahren gab, das wichtig war für unsere Zeit und unseren Ort, nur dass ich nicht formulieren konnte, was es war. Wahrscheinlich war es nur ein kurzer Augenblick, den sie dort so verbrachte, die Hand knapp über der schimmernden Oberfläche, mir kam dieser Augenblick jedoch unendlich lang vor, und als sie sich endlich umdrehte und zu ihren Freundinnen zurückrannte und ich immer noch nicht sagen konnte, ob sie fröhlich oder ängstlich war, schoss mir ein Gedanke durch den Kopf, sehr klar und sehr hell. Ich dachte: Wir werden uns verteidigen müssen.

Ist es möglich, sich später daran zu erinnern, wie man auf einen solchen Gedanken gekommen ist? Ich war in diesen Tagen gut darin, solche Gedanken gleich wieder zu verscheuchen.

Natürlich verscheuchte ich diesen gleich im nächsten Moment. Aber das Mädchen sah ich einige Tage später, oder war mir jedenfalls fast sicher, dass sie es war. Sie stieg mit einigen anderen aus dem Bus aus, der hinter dem Sportheim an der Landstraße hielt. Ich war spazieren gegangen und hatte gehofft, eine unserer ersten

Bekanntschaften zu treffen, um ein Gespräch zu führen, doch ich traf niemanden.

Ich erinnere mich daran, wie still es auf den Straßen unserer Ortschaft werden konnte.

Sie stieg aus dem Bus und musste mich erkannt haben, denn sie blieb mit einem Mal stehen und fixierte mich mit ihrem Blick. Ich fragte mich, woher sie wusste, dass ich es bin, sie jedenfalls wusste es. Ich konnte es an der Art und Weise sehen, wie sie mich ansah. Als nächstes hob sie ihr Kinn abschätzig und nickte daraufhin sehr kurz und sehr ruckartig, als wäre jetzt etwas beschlossen. Ich machte kehrt und ging mit eiligen Schritten zu unserem Haus zurück und hoffte nicht mehr darauf, an diesem Tag noch irgendjemand zu treffen.

In der Nacht, die auf unser zufälliges Treffen folgte, konnte ich nicht schlafen. Auch Rosa neben mir schlief unruhig, wälzte sich von einer Seite zur anderen und schlug mit den Armen um sich. Einen Moment lang überlegte ich, ob ich sie aufwecken und aus ihrem Alptraum befreien sollte, aber ich wartete ab. Sie begann zu murmeln, erst unverständlich, dann konnte ich einzelne Worte verstehen.

Sie sagte: »Weg!«

Sie sagte: »Nicht dort!«

Sie sagte: »Bitte!«

Und dann begann sie im Schlaf zu rufen, immer wieder: »Nein!«

Erst rief sie es mit der Stimme, die ich kannte und liebte, später begann sie die Laute immer weiter in die Länge zu ziehen, bis mich ihr Tonfall mehr und mehr an das Schreien eines kleinen Kindes erinnerte, das gleich zu heulen beginnen würde. Ich wusste, dass ich sie jetzt aufwecken müsste, ich tat jedoch nicht. Ich saß nur da, saß aufrecht im Bett und starrte meine Freundin an, die immer lauter »Nein!« schrie. Plötzlich riss sie die Augen auf und richtete sich mit einem Ruck auf. Ihr Blick flackerte ziellos in unserem Schlafzimmer herum, entdeckte aufs Neue den Schrank, lernte wieder, was ein Fenster war und fand dann mich. Sie atmete schwer und zitternd.

»Da ist einer da draußen!«, flüsterte sie. Ich verstand nicht, was sie meinte und konnte nur daran denken, dass ich jetzt ganz nah bei ihr hätte sein sollen, meine Arme um sie gelegt, um ihr beruhigende Worte ins Ohr zu sprechen. Aber ich saß dort, wo ich saß und sie sagte noch einmal: »Jemand ist draußen!«

Sie habe schlecht geträumt, sagte ich, doch sie schüttelte den Kopf: »Es ist einer da draußen.« Sie holte tief Luft und sagte so leise, dass ich es kaum verstehen konnte: »In einer der Kisten. Und ich weiß, dass man sie nicht von innen öffnen kann. Da ist einer in einer Kiste dort draußen auf dem Feld.«

Ich bemühte mich um einen möglichst beruhigenden Tonfall. Ich bemühte mich, Ruhe in meine Hand zu legen, die ich nach ihr ausstreckte.

»Ich kann jetzt nicht schlafen«, rief Rosa laut. »Und außerdem hast du mir damals gesagt, dass Träume immer etwas bedeuten, dass wir viel mehr auf unsere Träume achten sollten. Damals auf dem Seminar. Und jetzt sagst du auf einmal das Gegenteil. Ich weiß es einfach, jemand ist dort draußen.« Sie brach ab und verbarg ihr Gesicht in den Händen: »In einer der Kisten. Sie haben jemanden in eine der Kisten gesperrt.«

Das könne sie doch unmöglich wissen, sagte ich, es gelang mir allerdings nicht mehr, Sicherheit in meine Stimme zu legen. »Und wer sollte das überhaupt sein und wer sollte ihn dort hingebracht haben? Komm, ich koch dir einen Tee und dann beruhigen wir uns erst einmal.«

»Nein«, rief sie und ihr Tonfall erinnerte mich wieder an den eines heulenden Kindes. Ich zuckte zusammen.

Draußen war kein Laut zu hören außer unseren Schritten. Unsere Ortschaft hatte keine Kneipen und keine Jugendclubs, ihre Bewohner verließen ihre Häuser üblicherweise nach Einbruch der Nacht nicht mehr. Ich erinnere mich daran, dass mir dieser Umstand einmal gefallen hatte.

Wir gingen fröstelnd den kurzen Weg von unserer Haustür zum abgesperrten Teil des Feldes. An dem gestreiften Band blieben wir stehen. Ich hatte mich schon am ersten Tag gefragt, wen dieses Band abhalten sollte. Niemand war hier, um zu kontrollieren, wer das Feld betrat und wer nicht. Aber das Band wirkte auf mich, es ließ mich zögern. Wir standen auf einer Seite und die Kisten lagen auf der anderen und wir durften nicht auf die andere Seite. Die Kisten lagen unverändert dort, niemand hatte sie bewegt, sie lagen dort auf der anderen Seite und schimmerten in der Nacht. Auch Rosa machte keine Anstalten, unter dem Absperrband durchzuschlüpfen. Wir beide standen nur da, die Arme um unsere Oberkörper geschlungen, den Blick auf das dunkle Feld und die fremden Objekte gerichtet. Ich konnte mir nicht vorstellen, dass überhaupt jemand in der Lage wäre, sie zu bewegen. Je länger ich die Kisten beobachtete, desto sicherer wurde ich mir, dass sie viel zu schwer sein mussten, um von einer Person verrückt zu werden. Sie waren einfach da und ich musste an die Köpfe der Osterinseln denken, an Monolithe und Zikkurats. Als Kind hatte ich Bücher über Sumer, Ur und Babylon gelesen, hatte mir immer wieder die detaillierten Zeichnungen der Gebäude angesehen, unzählige Male und jetzt dachte ich, dass diese Kisten mir so fremdartig erschienen wie diese Bauwerke, wie nicht von dieser Welt, wie etwas, das vergessen worden war und vielleicht vergessen werden sollte.

Im nächsten Moment schüttelte ich mich und wunderte mich über meine seltsamen Gedankengänge. Ich musste ruhig bleiben. Sie vertrauten mir. Sie vertrauten, dass ich ihnen einen Weg zeigen würde, einen Weg durch diese Zeit und hin zu einem Ort, der unserer war, hin zu dem Punkt, an dem diese Ortschaft wirklich unsere Ortschaft sein würde, hin zu dem Punkt, an dem alles langsam werden würde. Und deshalb schüttelte ich mich noch einmal und hob schließlich das Absperrband hoch.

Wir wanderten ziellos zwischen den Kisten umher, Rosa langsam und ich hastig, begierig, die Suche schnell hinter mich zu bringen und wieder ins Haus zu kommen. Ich ging von einer Kiste zur nächsten und warf einen kurzen Blick in diejenigen hinein, die offen dalagen.

Nach einer Weile wandte ich mich um und sah Rosa vor einer Kiste knien, die auf die Seite gefallen war. Sie kauerte davor und starrte hinein, die Augen weit aufgerissen.

»Was ist?«, fragte ich, als ich an sie herantrat.

»Da würde gerade so ein Mensch hineinpassen«, sagte sie und blickte starr geradeaus in das Innere der Kiste. »Aber nur gerade so.«

»Hier ist nichts«, sagte ich. »Lass uns wieder ins Bett gehen. Komm schon.«

»Ich weiß nicht«, sagte sie und es klang so, als hätte sie überhaupt nicht hingehört, »ob man das lange aushalten kann.«

Plötzlich erhob sie sich und blickte mir ins Gesicht. Sie blinzelte einmal, und ich hatte das Gefühl, sie würde mich jetzt zum ersten Mal sehen, als wäre sie erst jetzt, in diesem Moment, aufgewacht.

»Es ist spät«, sagte sie. »Ich glaube nicht, dass wir hier jemand finden werden.«

Danach war es so, als hätte die Nacht nie stattgefunden. Wir standen einfach am nächsten Tag auf und einigten uns ohne Worte darauf, sie zu vergessen. Heute denke ich, dass man überhaupt nie irgendetwas vergisst. Alles ist immer da.

Hilde eröffnete uns zwei Tage später, dass sie unmöglich weiter in ihrem Zimmer wohnen könnte. Allein der Gedanke, dass die Kisten da draußen und von ihrem Zimmerfenster aus zu sehen waren, mache sie krank. Also verlangte sie von uns, mit ihr ein Zimmer herzurichten, das sich zur anderen Seite unseres Hauses öffnete. Walther wollte nicht helfen, er sagte, er müsse sich jetzt auf sich und seine Bedürfnisse konzentrieren. Das hieß: in der kleinen Scheune, die zu unserem Haus gehörte, Holz zu sägen. Er wusste selbst nicht so richtig, was er einmal mit diesem sorgsam gesägten Holz anfangen wollte, für den Moment war er einfach glücklich damit, das Holz zu sägen.

Wir brauchten drei Tage, um das neue Zimmer für Hilde zu streichen und einzurichten. Am Abend des dritten Tages saßen wir vor unserem Haus in der langsam verschwindenden Abendsonne, verschwitzt, müde und auf eine unerklärliche Weise nervös. Wie ich mich einmal auf solche Abende gefreut hatte, wie sie mir als das Erstrebenswerteste überhaupt erschienen waren. Aber an diesem Abend saßen wir schweigend nebeneinander und tranken Limonade mit Minze und Limette und ich trug schon wieder die Turnschuhe, die ich doch eigentlich nie wieder tragen wollte.

»War es ein Fehler?«, fragte Hilde.

Ich schnaufte und erinnerte mich selbst daran, dass es an mir lag, hier für Ruhe zu sorgen.

»Ich weiß nicht«, sagte Rosa und starrte mit glasigen Augen auf einen unbestimmten Punkt im Garten. »Es fühlt sich nicht mehr harmonisch an. Nicht wirklich. Vielleicht kommt das wieder. Vielleicht müssten wir erst einmal wieder raus. Vielleicht können wir uns an einem anderen Ort erholen. Ich glaube, ich brauche jetzt richtige Erholung, um Kraft zu schöpfen und ein bisschen zu heilen.«

War es die Anstrengung, war es ihre beiläufige Art, waren es die Turnschuhe, die ich trug – in diesem Moment hätte ich zum ersten Mal gern die Fassung verloren. Ich hätte gern für einen Moment geschrien. Ich erinnere mich daran, dass ich nicht schrie. Aber ich hätte es gern getan wegen der Verantwortung, der Zukunft und der Tatsache, dass es nichts Schönes geben würde, wenn wir uns nicht auch ein bisschen anstrengten und dass wir uns auf keinen Fall von einem solchen Zwischenfall vertreiben lassen dürften.

Ich erinnere mich auch daran, dass ich mich über das Wort »Zwischenfall« wunderte. Und stellte fest, dass ich über die Kisten nicht länger als Kisten nachdachte, die jetzt auf dem Feld lagen. Sie waren mehr als das, ich scheute mich jedoch, diesen Gedanken weiterzuverfolgen. Eigentlich wollte ich überhaupt nicht mehr an sie denken, ertappte mich aber immer dabei, aus meinem Fenster oder von unserem Garten aus auf das Feld zu starren und mit meinem Blick an ihren schimmernden und glitzernden Oberflächen hängenzubleiben und nichts mehr zu denken, sondern mich mehr und mehr in diesem Schimmer zu verlieren. Ich musste daran denken, wie glücklich ich als Kind gewesen war, weil ich eine silbergraue Raupe auf einem Blatt der Hecke entdeckt hatte, die dort ihren Körper krümmte und streckte, während ihre winzigen Härchen im Licht des Tages leuchteten. In diesem Moment hätte ich damals Stunden verharren wollen, nur ihrer langsamen Bewegung folgen, nichts wollen, nichts fürchten, nur dort bei ihr auf dem dunkelgrünen Blatt sein und sonst nichts.

Ich erinnere mich daran, wie wir uns beruhigten. Wir gingen unseren Beschäftigungen nach. Wir sprachen nicht mehr über die

Kisten auf dem Feld. Nur hin und wieder hatte ich auf dem einen oder anderen unserer gemeinsamen Abendessen das Gefühl, als wollte einer von uns über sie sprechen. Es hätte auch etwas anderes sein können, eine Bemerkung über die neue hölzerne Küchenzeile vielleicht, die wir bei unserem Tischler in Auftrag gegeben hatten, ich war mir allerdings sicher, dass es immer die Kisten waren, die einen von uns den Mund öffnen und wortlos wieder schließen ließen. Und so wurden die Momente länger, in denen wir nicht mehr sprachen, wurden größer und gleichzeitig unschärfer, dunkler. Und ich konnte nur daran denken, dass ich jetzt stark sein musste.

In den Momenten, in denen ich nicht stark war, in denen ich plötzlich unruhig wurde und meinen Herzschlag nicht durch die Yogi-Atemübungen beruhigen konnte, die ich vor vielen Jahren gelernt hatte, in denen ich nicht mehr lauschen konnte, wie der Einatem kam und der Ausatem wieder ging, begann ich ziellos durch unsere Ortschaft zu streifen. Das waren keine Spaziergänge. Ich ging direkt aus unserer Haustür hinaus und zwang mich, nicht auf das Feld zu schauen, weil es das war, was ich mehr als alles andere tun wollte.

Ich wollte nach den Kisten schauen.

Ich wollte nachsehen, ob sie bewegt worden waren.

Ich wollte nachsehen, ob sie sich bewegt hatten.

Also ging ich vorbei an den glänzenden Neuwagen, die mir in den ersten Wochen, die wir in unserer Ortschaft verbracht hatten, noch einen kleinen Stich versetzten, weil sie nicht hierhergehörten, weil ich mir schlammbespritzte Pick-ups gewünscht hatte, die mir jetzt vertraut und tröstlich erschienen, wie etwas, an dem sich mein Blick festhalten konnte, ohne sich zu vergessen. Ich ging vorbei an den Hecken, vorbei an dem verwitterten Kreuz neben der Tischlerei und fand mich vor der Metzgerei wieder, die gerade geschlossen wurde.

Der Metzger hatte mich gesehen und hob lächelnd die Hand zum Gruß. Er sagte: »Das ist doch mein neuer Nachbar.«

»Aber dein Haus liegt doch am anderen Ende«, antwortete ich.

Der Metzger schüttelte den Kopf, immer noch lächelnd. »Wir sind alles Nachbarn hier. Nachbarn sind einfach die Leute, die man kennt und über die man etwas weiß. Da ist es egal, ob man direkt nebeneinander wohnt oder nur in derselben Ortschaft.«

Ich war an etwas hängengeblieben, das er gesagt hatte.

»Über die man etwas weiß?«, fragte ich.

»Über die man etwas weiß«, sagte der Metzger und nickte. »Deswegen seid ihr doch hergezogen, oder?«

»Wir wollten nicht mehr in der Stadt wohnen«, sagte ich zögernd und versuchte, etwas in seinem Gesicht zu erkennen, doch das Gesicht des Metzgers blieb glatt und freundlich und gab nichts preis.

»Ihr wolltet an einen Ort, an dem man euch kennt. Ich verstehe das. Wir alle verstehen das. Deswegen bleiben wir hier. So einfach ist das.«

Er sprach so aufmunternd und fröhlich, aber mein Herz schlug immer noch so schnell wie zu dem Zeitpunkt, als ich unsere Haustür verlassen hatte. Ich zwang mich, ebenso freundlich zu lachen.

»Ich weiß nicht genau, ob ich dich verstehe.«

»Wie gesagt: Es ist ganz einfach. Ihr wolltet, dass man euch kennt. Dort, wo ihr wohnt. Und jetzt ist das so. Wir sind Nachbarn. Wir kennen euch.«

»Das ist nett, dass du das sagst, aber wir wohnen doch noch gar nicht so lange hier«, winkte ich unentschlossen ab.

Der Metzger antwortete nicht, sondern lächelte mich weiter breit und aufmunternd an, als wolle er mich auffordern, ruhig weiterzusprechen. Wie ein Lehrer, der sich über den mündlichen Beitrag eines Schülers freut, dachte ich mir und wusste nicht, warum ich das dachte.

»Wisst ihr inzwischen, was ihr mit den Kisten machen wollt?«

»Das Feld ist abgesperrt ...«, antwortete ich zögernd. »Wir müssen abwarten.«

Er strahlte mich weiter an, als freue er sich über jede meiner Bemerkungen: »Aber ihr könnt sie doch nicht einfach da liegen lassen. Ihr müsst doch etwas damit vorhaben. Schaut sie euch doch mal an! Sind sie nicht etwas Besonderes?«

»Ja, vielleicht«, sagte ich und wusste nicht, was er mir genau damit sagen wollte. »Ich würde sie gern aus unserem Sichtfeld räumen.«

Da schüttelte er den Kopf, schüttelte ihn und lächelte unbeirrt weiter, später dachte ich, dass ich etwas Wichtiges nicht verstanden hatte.

Ich erinnere mich an die Unruhe. Nach dem Gespräch zwang ich mich wieder dazu, mehr Zeit in unserem Haus zu verbringen, mehr mit den anderen zu sprechen. Ich zeigte mich geduldig, ich zeigte viel Verständnis, ich ging auf alles ein, hinter meinen gelassenen Gesichtszügen wartete dennoch die Unruhe. Ich wusste, dass sie da war, dass sie nur darauf wartete, mich zu erfassen und nicht mehr loszulassen. Meistens blieb ich stark und ruhig. Ich half Hilde dabei, ihr neues Zimmer weiter einzurichten, und machte mich daran, mit ihr zusammen die alte Kommode abzuschleifen, die wir vor Monaten bei einem Antiquitätenhändler gekauft hatten. Hilde war überzeugt, dass jedes Möbelstück eine Geschichte haben sollte. Neu gefertigte Stücke ekelten sie an, und ich verstand sie. Aber in diesen Tagen waren unsere ursprünglichen Grundsätze seltsam in den Hintergrund gerückt und mir fremd geworden. Trotzdem half ich ihr. Wir schliffen einen ganzen Tag lang, und als wir schließlich fertig waren, traten wir gemeinsam einen Schritt zurück, um unser Werk zu begutachten.

Hilde blickte stumm auf das massive Holz und legte den Kopf schief. Unsere Hosen und Pullover waren mit Holzstaub bedeckt, und ich klopfte ihn langsam von mir ab.

»Siehst du«, sagte ich. »Wir kommen voran.«

»Wir kommen voran«, wiederholte sie mit monotoner Stimme.

»Das wird hier richtig schön«, sagte ich.

»Richtig schön wird das«, wiederholte Hilde.

Langsam atmete ich aus.

»Willst du mir nicht sagen, was du denkst? Was dich beschäftigt? Ich merke doch, dass dich etwas bedrückt«, sagte ich und gab mir Mühe, viel Ruhe und Verständnis in meine Stimme zu legen.

Hilde lachte auf: »Willst du wirklich wissen, was ich denke? Willst du wissen, was ich wirklich denke? Über uns und die Ortschaft?« Sie schüttelte den Kopf und lachte mir noch einmal ins Gesicht: »Nein, das willst du nicht. Das willst du wirklich nicht. Das kannst du gar nicht wollen.«

Ich fragte nicht mehr. Ich stand nur da und starrte in ihr Gesicht, hinter dem ich ein anderes Gesicht erkennen konnte, eins, das nichts von Ruhe verstand oder von Langsamkeit, ein Gesicht, das wachsam ist, weil es wachsam sein muss, ein Gesicht, das sich der Angst überlassen hatte. Dieses Gesicht konnte ich nicht beruhigen.

Ich erinnere mich an das langsame Verstreichen der Tage. Nicht auf die Art langsam, wie wir uns das gewünscht hatten, sondern zäh und anstrengend.

Ich nahm den Bus, ohne ein Ziel zu haben. Ich wollte keinen Bus mehr betreten, dennoch fuhr ich Bus. Ich ließ die Schatten der Blätter über meine Stirn wandern, blinzelte die Sonne fort und gab mir alle Mühe, meine Gedanken in die Landschaft zu richten. Hier wollten wir hin, hier waren wir angekommen, hier würden wir bleiben. Unsere Ortschaft, unsere Landschaft, all das würden wir uns aneignen. Langsam, ich musste langsam denken, alle schnellen, beschleunigten Gedanken aus meinem Kopf verbannen. Es gelang mir nicht.

Zwei Ortschaften weiter stieg ich aus und stolperte die Straße entlang. Unweit der Bushaltestelle stand ein türkischer Imbiss vor einem Lagerhaus. Ich bestellte einen Döner und begann, kaum dass ich ihn in der Hand hielt, an einem der Stehtische Fleisch und Kraut gierig in mich hineinzustopfen. Sauce lief mein Kinn und meine Handkanten hinab, lief in mein Hemd hinein und tropfte auf meine Hose. Es kümmerte mich nicht. Seit Jahren hatte ich kein Fleisch mehr gegessen, jetzt konnte ich mir nichts Wünschenswerteres vorstellen, als diese dunkelbraunen Streifen, die seit Stunden warmgehalten wurden. Als ich fertig war, ließ ich das Papier auf den Stehtisch fallen und betrachtete meine Finger, die von Kraut und Sauce lila geworden waren. Von Weitem fragte mich der Imbissbetreiber, ob ich eine Serviette benötige. Ich sagte laut und bestimmt: »Nein.«

Unter dem Stehtisch sah ich die Flecken auf meinen Sneakern.

Auf der Rückfahrt rieb ich meine klebrigen Finger aneinander und spürte den Beginn einer angenehmen Müdigkeit. Zurück in unserem Haus ging ich nicht zu Rosa, sondern legte mich auf die Couch unseres Wohnzimmers und schlief bei zugezogenen Vorhängen bis tief in die Nacht hinein. Ich träumte, dass ich eine kleine Kapelle in einem tiefen Wald betrat. Es war sehr kalt und ich suchte nach einem Ort, an dem ich mich aufwärmen könnte.

Drinnen fand ich eine Wandmalerei von Jesu Kreuzigung hinter dem Altar. Jesus selbst hatte dasselbe Gesicht wie auf allen Kreuzigungen, die ich in meinem Leben bisher gesehen hatte. Doch die Gesichter der Soldaten um ihn herum waren irgendwie lebendig: Sie waren schwindsüchtig und blau, gierig nach Vergebung blickten sie mich an. Schulternzuckend entschuldigte ich mich, weil ich ihnen keine Vergebung bieten konnte. Da sah es so aus, als würden sich ihre Züge verändern und mit einem Mal sahen sie wütend und vorwurfsvoll aus, und ich dachte mir, dass ich diese Kapelle so schnell wie möglich verlassen sollte, weil ich nicht mehr willkommen war. Das Klingeln unserer Türglocke riss mich aus dem Schlaf.

Vor mir stand die Frau aus dem Sportheim. Das Flackern eines Blaulichts streifte über die rechte Hälfte ihres Gesichts, aber in diesem Moment verstand ich nicht, was das bedeutete. Ihr Blick war kalt und abschätzig. Ich starrte sie mit schweren Augenlidern an, zu müde, um etwas zu sagen.

»Ich nehme an, Sie haben nichts gesehen oder gehört, was?«, sagte sie, nachdem ich sie eine Weile stumm angesehen hatte.

Ich schüttelte den Kopf.

»Da draußen«, sagte sie und nickte mit dem Kopf in Richtung Feld, in Richtung Blaulicht.

Die zwei Polizeiwagen und der Krankenwagen standen seltsam schräg vor dem Feld. Das Licht kreiste über die Gräser und die Menge, die sich versammelt hatte. Ich sah bekannte Gesichter, ohne sie wirklich zu erkennen.

Und ich sah, wie zwei Sanitäter Hilde vom Feld führten, ihre Arme in den fremden Armen, nackte Haut auf Uniformen aus festem Stoff. Ich erinnere mich an den Augenblick, in dem ihr Gesicht ins Licht kam. Alle aus unserer Ortschaft waren zusammengekommen, und sie schwiegen nicht. Sie gaben sich Mühe, leise zu sprechen, die Nachtluft war trotzdem erfüllt von unverständlichem Gemurmel. Ich verstand nicht, was Hilde den Sanitätern sagte, aber ich konnte sehen, dass sie mit ihnen sprach, dass sie überhaupt nicht mehr aufhörte, dass die Wörter mit einer Schnelligkeit aus ihrem Mund kamen, als müsse sie die beiden sehr schnell von etwas überzeugen. Ihr Haar klebte an ihrer nassen Stirn, sie hatte den Kopf zur Seite gelegt, um besser mit dem größeren der beiden Sanitäter sprechen zu können. Ihre Augen standen weit offen, ihre Schritte waren sehr kurz. Ich konnte nicht sagen, ob sie lachte oder weinte oder um etwas bat.

Wieder und wieder kniff ich die Augen zusammen. Mein müdes Gehirn konnte nicht erfassen, was dort geschah. Es musste erst die Frau vom Sportheim sagen: »Ich frage mich, wer sie da eingesperrt hat.«

Ich schüttelte den Kopf, weil ich nichts verstand.

»Sie haben sie in einer Kiste gefunden«, sagte sie noch einmal. »Dort drüben. Auf dem Feld in einer der Kisten.«

»Wieso?«, fragte ich.

»Na, denken Sie, sie hat sich selbst dort reingelegt?«

Mittlerweile hatten sie Hilde zum Krankenwagen gebracht, wo sie eine Decke um ihre Schultern legten und ihr etwas zu trinken gaben.

»Wer hat sie gefunden?«, fragte ich.

Sie deutete auf eine Gruppe, die etwas abseits des Krankenwagens stand. Die Polizistin stand bei ihnen, und ich erkannte das Mädchen – das Mädchen aus dem Bus, das Mädchen vom Feld, das Mädchen, das als Einzige eine Kiste berührt hatte.

»Die Kleine vom Metzger«, sagte die Frau vom Sportheim. »Ihr passt ja gut aufeinander auf. Das war heute Nacht. Heute Nacht ist das passiert.« Sie lachte kurz und bitter: »Mein Gott! Ihr passt ja richtig gut auf.«

Aber ich hörte ihr nicht mehr zu. Mein Blick war auf das Mädchen gerichtet. Die Polizistin vor ihr hatte sich in die Hocke niedergelassen. Sie sprach ruhig und langsam auf das Mädchen ein, strich ihr sogar das Haar aus dem Gesicht. Doch als sie sich umdrehte, war ich nicht überrascht, im Blaulicht ein unerschrockenes Gesicht zu erblicken. Für einen kurzen Moment dachte ich sogar, sie würde mich anlächeln.

So beschäftigt war ich damit, sie zu beobachten, dass mir viel zu spät einfiel, was ich eigentlich in dieser Situation hätte tun sollen. Die Schläfrigkeit war schuld, sie wollte meinen Schädel nicht verlassen. So gelangte ich erst zum Krankenwagen, als die Türen bereits verschlossen waren.

Es wurde langsam hell, als ich durch die mintgrünen Flure des Krankenhauses lief und mir sagte, wie unendlich falsch es war, dass Hilde an diesen Ort gebracht wurde. Vor dem Zimmer fing mich die Polizistin ab.

»Sie können da jetzt nicht hinein«, sagte sie wieder nicht unfreundlich.

Alles, was mir einfiel, war: »Aber wir wohnen zusammen.«

Die Polizistin schüttelte den Kopf. »Die Frau hat ausdrücklich darum gebeten, dass wir Sie nicht zu ihr lassen sollen.«

Ich erinnere mich an das Warten. Ich sah dabei zu, wie die Polizeiwagen nach ein paar Tagen wieder verschwanden. Es war Walther, der für mich nach und nach die Nacht zusammensetzte. Die Tochter des Metzgers hatte angegeben, nachts noch zufällig am Feld vorbeigelaufen zu sein. Sie habe sich herausgeschlichen, weil sie mit einer Freundin eine Nachtwanderung unternehmen wollte, und dann vom Feld ein leises Klopfen gehört. Das Geräusch habe sie im ersten Moment nicht zuordnen können, sie sei aufs Feld gegangen, um nachzusehen. Sie hatte mehrfach gesagt, dass nicht mehr als ein Klopfen aus der Kiste gekommen sei, keine Schreie, kein Rufen, kein weiterer Laut.

Walther hatte die Geschichte vom Tischler erfahren und schüttelte immer wieder den Kopf, als er sie mir an unserem massiven Esstisch erzählte.

»Das fühlt sich nicht gut an«, sagte er immer wieder in einem klagenden Ton. »Da fühle ich mich nicht gut. Das tut mir überhaupt nicht gut, sage ich dir.«

Und ich saß ihm gegenüber und musste mit einem Mal lachen. Ich lachte über die offensichtliche Lügengeschichte des Mädchens und über Walthers Dummheit, über die Jämmerlichkeit seiner Angst und wusste schon, bevor er es aussprach, dass er mir gleich seinen Auszug ankündigen würde. Ich konnte seine Worte beinahe mitsprechen, als er davon sprach, dass er jetzt erst einmal wieder für sich sorgen müsse und dass er sich an diesem Ort unmöglich finden könne, weil alles hier falsch laufe.

Sie ließen mich allein.

Rosa blieb, aber sie wollte das Haus nur noch in Begleitung verlassen. Also begann ich, die Besorgungen zu übernehmen, sah mich auf jedem Weg um und lief schneller, als ich es hätte tun müssen. Die Kisten lagen immer noch auf dem Feld.

An einem Abend ging ich zwischen zwei hochgewachsenen Hecken einen der staubigen Wege entlang und schaute auf meine Füße. Ich konnte hinter einer der Hecken Stimmen hören. Es waren Kinderstimmen, die Stöckchen-Verbrannt spielten, das Spiel mit den drei Stöcken, die zu einer Pyramide aufgestellt wurden und zwischen die der Fänger seinen Fuß stellen musste, um die zu verbrennen, die er entdeckt hatte, während die anderen versuchten, die Pyramide zum Einsturz zu bringen, um ihre Freundinnen aus der Gefangenschaft zu befreien.

Und jetzt mussten gleich mehrere entdeckt worden sein. Ich

hörte ihre Namen hinter der Hecke: »Sascha verbrannt! Theo verbrannt! Arne verbrannt!« Und das Fluchen, nur kurz, dann eine Stille.

Und daraufhin hörte ich ganz leise eine Stimme, die gegen etwas protestierte, die leise, aber mit Nachdruck gegen etwas protestierte, die erst Sätze formulierte, Argumente hervorbrachte, die ich nicht verstehen konnte, die ich aber als Protest wahrnahm, die schließlich ständig »Nein« wiederholte. Immer wieder: »Nein, nein, nein.«

Die anderen Kinder antworteten mit kräftigen Stimmen: »Du weißt, wie die Regeln sind: Wer als Erstes verbrannt wurde, kommt rein.«

Und: »Wer als Erstes verbrannt wurde, bleibt drin. So sind die Regeln, du kennst sie.«

Und schließlich: »Wir holen dich ja wieder raus, aber jetzt bleibst du erst mal drin.«

In dem Moment, als der Junge das sagte, trat ich um die Hecke herum und sah sie vor mir, wie sie einen von ihnen an den Armen hielten, der sich schwach zur Wehr setzte, als wüsste er, dass es besser wäre, sich seinem Schicksal zu fügen. Ich trat mit drei schnellen Schritten auf sie zu und packte denjenigen, den ich für den Fänger hielt.

Er zuckte zusammen und versuchte, sich aus meinem Griff zu befreien, ich ließ ihn nicht los, ich grub meine Finger tief in die Haut seiner Oberarme und sah, wie sich sein Gesicht rund um die Mundwinkel verzog, als es ihm nicht mehr gelang, den Schmerz zu verbergen.

Und ich schrie ihn an. Was sie mit ihr gemacht hatten. Dass sie es mir jetzt sagen sollten, was sie mit Hilde gemacht hatten in dieser Nacht.

Aber der Junge sah mich aus großen Augen an, gab vor, kein Wort zu verstehen.

Ich schrie ihn immer weiter an, immer wieder derselbe Satz: »Sag es mir endlich! Sag mir, was ihr getan habt!«

Dann packte mich eine Hand an der Schulter und zog mich mit einiger Kraft von den Kindern weg. Es war der Metzger, der von hinten an mich herangetreten war und mich ruhig und wortlos mit sich nahm.

»Beruhige dich«, sagte er endlich.

Ich schüttelte seine Hände von mir ab und trat ein paar Schritte zurück. Mein Atem ging schwer und ich suchte in seinem Gesicht nach einem Zeichen, das ihn verraten würde. Doch da war nichts, es war glatt wie an jedem Tag, freundlich und nicht einmal besorgt. Er blickte mich an wie jemand, der wirklich, ehrlich neugierig ist, was als Nächstes passieren wird. Er lächelte, diesmal lächelte ich nicht mit.

»Was passiert hier?«, spuckte ich ihm entgegen. »Was habt ihr als Nächstes geplant?«

Er sah mich verständnislos an: »Geplant?«, fragte er. »Wir haben nichts geplant. Die nächste Sache, die ansteht, ist das Fest im Sportheim.«

»Du weißt genau, was ich meine!«, schrie ich und merkte, dass mich die Kräfte langsam verließen. Ich fuchtelte mit meiner Faust vor seinem Gesicht herum, doch es war eine leere, bedeutungslose Geste. Nichts schien ihn zu verunsichern. Er lächelte immer noch.

»Was meinst du?«, fragte er und wieder lag so viel Verständnis in seiner Stimme, dass ich meine Schultern sacken ließ und mich abwandte. Ich hatte verloren.

Ich kann nicht genau sagen, warum ich danach nicht die gleiche Entscheidung traf, die auch Walther getroffen hatte, und unsere Ortschaft verließ. Wahrscheinlich hätte ich gehen sollen, hätte unser Haus über einen Makler verkaufen lassen sollen, um mir und uns einen neuen Ort zu suchen. Aber ich wollte nicht gehen. Ich spürte einen Trotz, wie ich ihn noch nie verspürt hatte, eine Wut auf alle, die mir das nehmen wollten: meine Ortschaft, die ich erst so spät in meinem Leben gefunden hatte. Also blieb ich mit meinen schmutzigen Sneakern in unserer Ortschaft.

Und Rosa blieb mit mir. Nur verließ sie das Haus gar nicht mehr. Das Äußerste, zu dem ich sie überreden konnte, war, mit mir in den Garten zu gehen. Das kleine Stück von der Haustür am Haus vorbei, das Stück, auf dem man sie von außen sehen konnte, ging sie mit sehr schnellen Schritten und hielt den Kopf gesenkt, als wolle sie überhaupt nicht wissen, ob sie vielleicht jemand beobachte. Nachts rief sie Unverständliches im Schlaf und flehte, den Deckel nicht über ihr zu schließen. Ich weckte sie jedes Mal auf und redete auf sie ein, doch bei jedem Erwachen dauerte es länger, ehe der Schleier in ihrem Blick verschwand.

Ich hatte das Gefühl, dass sie nicht beruhigt werden wollte. Sie sah mich an wie ein Kind, das den beruhigenden Worten der Erwachsenen nicht mehr glaubt. Ich sah, wie sie sich in dieser Wut von mir entfernte. Und ich sah ihre Angst: Ich sah sie in ihren Augenringen, in ihrem ungekämmten, fettigen Haar, in ihren steifen, verkrampften Schultern, in ihren zerkauten Lippen und ihrer heiseren Stimme. Ich sah ihre Angst und hatte Angst davor.

Einer muss der Ruhige sein. Einer muss die Ruhe bewahren.

Nachts stand ich lange in Hildes altem Zimmer und starrte aus dem Fenster hinaus auf das Feld, beobachtete jede Bewegung und versuchte, zu erkennen, was sich dort bewegte, was schwer war, denn das Feld lag in der Finsternis. Meistens blieb mein Blick an den Kisten hängen. Wieder verlor ich mich in ihrem fremden Schimmer, der durch nichts getrübt worden war: nicht durch Regen, nicht durch den Schmutz und Staub unserer Ortschaft.

Und jede Nacht dachte ich: Sie sind ewig, sie werden bleiben. Mit mir darin, mit Rosa darin, mit anderen, die vielleicht noch kommen würden. Aber wir würden die nächsten sein, das wusste ich jetzt.

Ich erinnere mich, wie ich Nacht für Nacht am Fenster stand und nicht einschlafen konnte, es vielleicht auch nicht wollte. Mich ließ der Gedanke nicht los, dass die Kisten draußen auf dem Feld etwas verbargen, das die Situation in unserer Ortschaft auf irgendeine Weise erklären würde. Aber sie lagen nur da und schimmerten, erzählten mir nichts und verrieten mir nichts. Und plötzlich sah ich in einer Samstagnacht, während ich oben hinter dem Fenster stand und wartete, unten zwei Gestalten vorsichtig über das Feld gehen. Ich beugte mich ganz nah an das Fenster und erkannte den Metzger und den Tischler, die sich langsam von einer Kiste zur nächsten bewegten. Es war schwer auszumachen, was sie tatsächlich dort taten, es wirkte auf mich so, als würden sie das Material und die Beschaffenheit der Kisten prüfen, als wollten sie sicher gehen, dass mit ihnen alles in Ordnung war. Sie blieben immer wieder stehen und sprachen leise miteinander, schließlich gaben sie sich am Zaun die Hand und verschwanden wieder in den Straßen unserer Ortschaft.

Ich ließ mich krankschreiben und wartete ab, blieb zu Hause und aß nichts außer dem Brot, das noch da war. Rosa verließ unser Schlafzimmer nicht mehr und ich ging nicht mehr hinauf, um sie zu überreden, das Bett zu verlassen. Meine Nächte verbrachte ich unruhig auf der Couch. Ich wusste, dass etwas bevorstand. Die Straßen lagen still in der Hitze des Sommers, am Himmel flimmerte das Blau.

Ich ging wieder hinaus, ging vorsichtig die Straßen hinab und rechnete damit, hinter jeder Ecke eine Stimme zu hören, die mich als verbrannt bezeichnen würde. Ich war müde geworden und die

Straßen leer. Schließlich kam ich zum Sportheim. Von weitem hörte ich die Musik und die Stimmen, sah die Leuchtgirlanden und roch die Holzkohle. Natürlich war ich nicht willkommen, das wusste ich, ich ging trotzdem zielstrebig auf das flache Gebäude zu, schlurfte über den ordentlich gemähten Rasen und trat in die Runde. Um mich herum sah ich nur Augen, die mich musterten. Und in diesem Moment erkannte ich, was für einen jämmerlichen Eindruck ich abgeben musste, ungeduscht, unrasiert, übermüdet und nervös, mit schmutzigen Sneakern an den Füßen.

Am Grill stand der Metzger und wendete mit sicheren Bewegungen eine Wurst nach der anderen. Er winkte mich heran und lud mir eine Wurst auf einen Pappteller.

»Du musst etwas essen«, sagte er und nickte mir zu. Er lächelte nicht mehr. Das Lächeln, das mich noch vor Tagen so wütend gemacht hatte, war aus seinen Zügen verschwunden. Ich starrte ihn an, so lange, bis er schließlich sagte, ich solle mich hinsetzen, weil ich so erschöpft aussehe.

Da saß ich auf einem Plastikstuhl und kaute die Wurst, die er für mich gegrillt hatte. Ein billiger, weißer Plastikstuhl, einer, wie ich ihn nie wieder sehen wollte, ein Wegwerfteller, eine graue Wurst. Um mich herum lachten und spaßten sie, tranken Bier und schlugen sich gegenseitig auf die Schultern, in ihren gestreiften, kurzärmeligen Hemden. Sie schwitzten, und es störte sie nicht.

Nach und nach, so kam es mir vor, bildeten sie fast einen Kreis um mich und meinen Plastikstuhl. Ich war das nichts ahnende Geburtstagskind dieser Runde, sie alle meine Gäste. Alles schimmerte. Alles glänzte und strahlte. Plötzlich fiel mir auf, dass ich stark zu schwitzen begonnen hatte. Der Schweiß lief mir die Schläfen hinab, mein Hemd klebte am Rücken. Ich fragte mich gerade, ob wir gleich mit dem Topfschlagen beginnen würden, da legte sich eine Hand auf meine Schulter. Ich blinzelte gegen die Sonne.

»Ich wollte nur sagen, wie froh wir sind, euch als Nachbarn zu haben«, sagte der Mann, dessen Gesicht ich im Schatten nicht erkennen konnte. War es der Metzger? Der Tischler? Jemand, den ich noch nicht kennengelernt hatte?

Eine zweite Person trat hinzu. Ich verrenkte meinen Kopf, auch dieses Gesicht konnte ich nicht erkennen.

»Ihr bringt wirklich frischen Wind in die Ortschaft«, lachte eine Frau. Andere stimmten in das Lachen ein.

Ich lachte auch, freute mich, dass sie gekommen waren, um mir zum Geburtstag zu gratulieren. Die Augen zusammengekniffen, den Pappteller noch auf meinem Schoß saß ich da und lachte und lachte. Ich spürte etwas wie einen leichten Wind, der durch meinen Kopf ging, nicht von außen, sondern von innen. Alles wurde durcheinandergewirbelt, und ich schüttelte meinen Schädel, ließ ihn kreisen und kam aus dem ehrlichen Lachen, das ich lachte, überhaupt nicht mehr heraus, bis sich von hinten zwei haarige, verschwitzte Arme um meine Schultern legten und eine Stimme in mein Ohr raunte: »Wie wäre es, wenn ich dich jetzt nach Hause bringe?«

Ich blickte auf und hatte das Gefühl, die Gesichter der Bewohner vor mir zum allerersten Mal zu sehen. Sie lächelten noch, aber ihre Gesichter waren hart geworden und glänzten wie gut polierte Bronze in der Sonne dieses frühen Abends, kantig und gesund und sehr erwachsen. Ich richtete mich auf in meinem Stuhl. Der Pappteller rutschte hinab ins Gras. Bevor ich ihn aufheben konnte, war mir schon jemand aus der Gruppe zuvorgekommen.

»Jetzt schon?«, fragte ich und stellte fest, wie schwach und leise meine Stimme klang. »Was ist mit den Spielen? Ich dachte, es gibt vielleicht noch eine Tombola.«

Einer der Männer schüttelte bestimmt den Kopf: »Die Tombola ist schon vorbei.«

Von hinten griffen starke Arme unter meine schlaffen Arme und zogen mich nach oben. »Komm schon, es ist Zeit.« Ich erkannte jetzt, dass es der Metzger war, der hinter mir stand.

Er führte mich weg vom Sportheim, an den Hecken entlang. Dabei lag die ganze Zeit seine kräftige Hand auf meiner Schulter. Und während wir im Schatten der Hecken gingen, verschwand der Wind aus meinem Schädel und ein Gedanke drängte sich hinein: dass ich Rosa vollkommen allein in unserem Haus zurückgelassen hatte, dass die Kinder sie dort ohne Schutz finden würden, dass niemand da war, der aufpasste. Vor mir sah ich deutlich das giftige Grün der Hecken, sah jedes Blatt und blieb sofort stehen.

Der Metzger wollte mich weiterschieben, aber ich trat mehrere Schritte zurück und sagte: »Ich möchte allein gehen. Von hier aus geht es.«

»Bist du sicher?«, fragte er. »Es ist kein Problem. Ich kann dich ganz nach Hause bringen. Du siehst etwas wacklig aus. Ich glaube, du hast etwas zu viel Sonne abbekommen.«

»Nein«, rief ich viel lauter als ich eigentlich wollte. »Von hier aus gehe ich allein!«

Er blieb stehen und zuckte nicht einmal mit den Schultern: »Wie du willst.«

Ich rannte los. Ich rannte, obwohl ich den Schwindel spürte und meine Beine zitterten. Mehrmals musste ich stehenbleiben und warten, bis sich mein Atem wieder beruhigt hatte, und rannte weiter, bis ich endlich unser Haus sah. In meinem Magen spürte ich die Übelkeit und mir war, als würden vor dem harten Blau des Himmels rund um die Ziegel unseres Dachs kleine flimmernde Partikel fliegen. Während ich vor unserem Haus nach Atem rang, dachte ich, dass sie von den Kisten kommen mussten, weil sie mir ebenso fremd und feindlich vorkamen. Ich dachte mir, dass unser Haus endgültig markiert sei und stürmte mit letzter Kraft hinein.

Rosa fand ich in ihrem Bett vor. Sie hatte sich unter der Decke vergraben und kam auch nicht hervor, als ich ihren Namen rief. Schwer atmend stand ich in ihrem Zimmer und ließ den Schweiß von meiner Nase tropfen.

»Ich hatte solche Angst«, sagte ich. »Ich hatte solche Angst.«

Ich konnte nicht aufhören, immer wieder diesen einen Satz aufzusagen: »Ich hatte solche Angst.«

»Angst hattest du?«, kam es unter der Bettdecke hervor, eine dumpfe, fast erstickte Stimme, die nicht wie ihre klang.

»Ich hatte wirklich solche Angst. Ich hätte mir das nie verziehen, wenn dir etwas passiert wäre, während ich nicht da war.«

»Du hattest keine Angst.« Die dumpfe Stimme war jetzt lauter geworden, aber sie blieb weiterhin unter der Decke.

»Was sagst du da?«

»Du hast keine Ahnung, was Angst ist«, sagte die Stimme. »Und selbst wenn du es wüsstest, hast du kein Recht, Angst zu haben. Du weißt überhaupt nicht, was hier eigentlich passiert. Weißt du, wie es hier riecht? In diesem Haus, auf den Straßen, überall.«

Ich ging auf sie zu und setzte mich neben sie auf das Bett. Sie rückte ab von mir.

»Aber jetzt bin ich hier«, sagte ich beschwichtigend. »Wir finden eine Lösung. Wir stehen das zusammen durch. Ich verspreche dir: Ich gehe nicht mehr weg.«

Nachdem ich das gesagt hatte, zog sie mit einem Ruck die Decke von sich und richtete sich auf. In dem Gesicht, das ich erblickte, war jeder Muskel angespannt, ein Gesicht, das ich nicht mehr erkannte. Ich wusste nicht mehr, was ich ihr noch sagen sollte.

Ich blieb wach, blieb am Fenster und wartete darauf, dass sie erscheinen würden, erstaunt über meinen ruhigen Herzschlag, über meine gleichmäßige Atmung. Die Sonne verschwand und ließ die Kisten noch ein Mal besonders hell aufglänzen. Mein Blick wich nicht von ihrer Oberfläche, obwohl es meinen Augen wehtat. Diese Elemente gehörten nicht hierher. Wir gehörten hierher. Meine Zähne knirschten aufeinander, ich drückte die Kiefer mit aller Kraft zusammen und nahm zur Kenntnis, wie die Muskeln meines Gesichts sich verkrampften und zu schmerzen begannen. Ich würde wach und ruhig bleiben. Ich war derjenige, der ruhig bleiben würde. Doch das Echo des Nachmittags vor dem Sportheim ließ kleine Flecken durch mein Blickfeld wandern und das Feld darin verschwimmen. Ich ließ mich auf einen Stuhl nieder und versuchte nicht mehr, meinen Kopf aufrecht zu halten. Nur einen Moment wollte ich mich ausruhen.

Ich erwachte in einem finsteren Zimmer und hörte nichts. Ich trat ans Fenster und sah sie draußen am Rand des Feldes stehen: Eine lange Reihe von Kindern, die Kinder unserer Ortschaft, wahrscheinlich alle, zusammen standen sie da und warteten. Eine schweigende Menge, ein gehorsamer Trupp, meine Eskorte. Und ich wusste, wohin sie mich bringen würden. Keines der Kinder hatte ein Gesicht. Ich konnte kein einziges erkennen. Sie warteten, sie hatten Zeit, alle Zeit der Welt, und ich musste in diesem Moment an Rosa denken, die hier im Haus war, und ich bekam wieder Angst vor ihrer Angst. Also riss ich mich vom Fenster los und rannte runter, rannte durch unsere rustikale Küche mit dem schweren Tisch, rannte mit meinen schmutzigen Sneakern hinaus aufs Feld.

Ich stolperte über das Gras, hastete zum Absperrband hinüber und duckte mich darunter hindurch. Sie standen nur da und warteten, aber ich wusste, dass sie sich jeden Moment in Bewegung setzen würden. Es würde passieren. Es war jetzt genau der Moment. Dann stand ich auf dem Feld zwischen den Kisten, die noch immer nichts verrieten, die nur dalagen und schimmerten. Schwer atmend lief ich von einer zur nächsten, fiel längs hin auf das Feld, schlug mit dem Knie gegen einen Stein, rappelte mich wieder auf und blickte hastig von einem Ende des Felds zum anderen.

Sie standen nur da. Kein Kind bewegte sich.

Pochender Schmerz stieg von meinem Knie auf. Ich dachte an Fuchsjagden, dachte an Dokumentationen, die ich vor vielen Jahren einmal gesehen hatte, dachte an langsame Jäger, an Vogelspinnen, die sich mit unerträglicher Ruhe einer verzweifelten Maus nähern, die versucht, die glatte Wand des Terrariums emporzuklettern, in das sie gerade geworfen worden war. Ich versuchte, meinen Atem zu beruhigen. Es war jetzt genau der Moment und ich drehte mich um mich selbst, konnte kaum mehr sehen. Sie standen nur da, warteten ab. Ich ging die zwei Schritte, die noch fehlten, und öffnete mit beiden Händen die Kiste, die vor mir lag.

DAS MACDOUGALL-PROJEKT

1.

»Ich habe Sie nicht verstanden.«

Selbst durch das geschlossene Fenster waren die Presslufthämmer zu hören, die bei fünfunddreißig Grad Celsius die Straße öffneten. Linda erhob sich halb aus dem viel zu weichen Sessel in Petrolfarbe, in dem sie eingesunken war, und wischte sich über die feuchte Stirn.

Der Frau, die vor ihr im Wartebereich stand, fielen genau drei Strähnen ihres blonden Haars ins Gesicht, so locker, wie nur sorgsam aufgetragenes Haarspray Haare fallen ließ. Sie lächelte auf eine ganz unangestrengte Art, und Linda musste an gut trainierte Gesichtszüge denken. Sie hat sich ein ordentliches Lächeln beigebracht, dachte sie und schüttelte den Kopf, ohne darüber nachzudenken, wie das auf ihr Gegenüber wirken würde.

Die Frau runzelte kurz die Stirn, entspannte sich und strich sich über die weiße Bluse. Sie deutete mit einer Hand auf das großformatige Schwarz-Weiß-Bild, das an der Wand gegenüber von Lindas Sitzplatz hing: Darauf abgebildet war ein Mann in einem zu großen, dicken Mantel. Er saß auf einer altmodischen, reich verzierten Bank und hatte die Hände im Schoß gefaltet. Sein Blick war hart, sein Gesicht ausgezehrt, der Scheitel streng gezogen.

Links von ihm, direkt neben seinem Kopf, schwebte eine weiße Wolke, eine helle Masse aus Licht oder einer anderen Substanz. Sie schien aus seiner Schläfe auszubrechen und sich von dort im Raum zu verteilen.

»Ich habe gesagt: Ich sehe, Sie interessieren sich für Reverend Irving.«

Linda beugte sich noch einmal nach vorne und studierte das Bild. Es hatte die Beschmutzung uralter Fotografien, die Kratzer, die Härte und auch sonst wollte es sich nicht in den Raum einfügen, an dem alles weich war und angenehm, sogar das Licht.

»Ich habe mich gefragt, wie alt die Aufnahme ist.«

»Wir sehen diese Aufnahmen heute mit etwas Ironie, verstehen Sie? Schon zur Zeit ihrer Anfertigung wurden sie kritisch betrachtet. Diese hier muss von 1911 stammen. ›Reverend W. S. Irving mit sich ausbreitendem Ektoplasma‹, heißt sie. Aber schon damals haben die ersten Theoretiker bereits festgestellt, dass sich echtes Ektoplasma nicht fotografieren lässt. Jeder mediale Akt wird durch eine Fotografie beendet. Wir sind heute weiter.«

»Das heißt, Sie glauben wirklich daran?«

Die Frau lächelte: »Es hat sich sehr viel verändert. Und man muss die eigene Tradition hin und wieder auch mit einem Augenzwinkern betrachten. Es wurde wichtige Basisarbeit geleistet damals, nicht wahr? Allerdings sehr spekulativ. Das ist sozusagen die Lücke, die wir jetzt füllen mit dem MacDougall-Projekt.«

»Ich kann immer noch nicht glauben, dass meine Großmutter ihren Körper ausgerechnet Ihnen ...«

Linda brach den Satz ab und sah ihr Gegenüber entschuldigend an.

»Es tut mir leid. Ich wollte Sie nicht ...«

Doch die Frau lächelte breit und glänzend: »Sie müssen sich nicht entschuldigen. Wir haben null Prozent Berührungsängste mit Zweiflern.« Sie lachte: »Das könnten wir uns auch gar nicht leisten. Jede Innovation muss sich damit auseinandersetzen, dass sie zunächst angezweifelt wird. Und das betrifft die Materialisationen besonders, weil wir uns hier auf, wie soll ich sagen, wissenschaftlich dünnem Eis bewegen. Dieser Bereich unserer Welt ist auch für uns nach wie vor eine Black Box.«

»Aber Sie haben Ergebnisse, haben Sie gesagt?«

»Bei Ihnen ist es natürlich etwas Besonderes. Deshalb haben wir Sie persönlich eingeladen. Haben Sie irgendwelche Bedenken?«

Linda fiel es schwer, sich nicht ganz in die weichen Polster des Sessels sinken zu lassen und gleichzeitig drangen weiterhin die Presslufthämmer an ihr Ohr. Ihr Phone vibrierte sanft in ihrer Hosentasche. Wahrscheinlich eine weitere Nachricht von Christopher. Eine weitere Warnung voller Fragezeichen, voller zaghafter Aggression oder Angst. Sie stellte ihn sich beim Verfassen der Nachrichten vor, wie er über die weiche, weiße Haut seiner Oberarme rieb, wie er schnaubte, wie er nicht stillsitzen konnte. Christopher war dagegen gewesen, dass sie hierherkam.

»Es fällt mir schwer, mir das vorzustellen«, sagte sie. »Meine Großmutter – sie war Atheistin. Also eine richtige Atheistin. Sie hat sich nicht einfach nichts aus der Kirche gemacht. Sie war richtig dagegen.«

Die Frau lächelte und nickte, als freue sie sich über jeden Satz, den Linda aussprach.

»Es gab da diese Geschichte. Sie hatte von einer amerikanischen Firma gehört, die ein neues Geschäftsmodell ausprobierte. Es ging um Gartendekorationen, Gartenbau, solche Sachen. Und der Gründer fand heraus, dass die meisten Grabsteine, die einfach verschrottet wurden, aus gutem Marmor, generell gutem Stein waren. Also kaufte er diese Grabsteine auf, ließ sie abschleifen und produzierte günstige Platten daraus. Für Gartenwege und so etwas.«

Die Frau nickte immer noch.

»Irgendwann wurden evangelikale Christen darauf aufmerksam. Vielleicht waren es auch Baptisten oder Adventisten. Ich weiß es nicht mehr. Jedenfalls starteten die eine Kampagne gegen diese Firma und die Firma ging bankrott, als alle davon erfuhren, dass es sich um Grabsteine handelte. Ja, und meine Großmutter war so wütend, als sie davon hörte, dass sie unbedingt Steine von dieser Firma für ihren Garten haben wollte. Sie hat denen sogar geschrieben, aber natürlich wäre die Lieferung viel zu kompliziert und teuer gewesen.«

»Sie waren sich sehr nahe, oder?«

Plötzlich konnte Linda nicht mehr in den petrolfarbenen Polstern sitzenbleiben. Mit einem unterdrückten Ächzen erhob sie sich und blickte sich noch einmal im Raum um. Dabei gab es nicht viel zu sehen: ein matt glänzender Metalltisch, auf dem eine Glaskaraffe mit Gurkenwasser stand, vier Sessel und das Bild: Der Reverend hatte seinen Kopf etwas von der milchig weißen Wolke abgewandt. Ein Belichtungsfehler, dachte Linda. Alle diese Phänomene ließen sich auf Belichtungsfehler zurückführen.

»Sie hat wochenlang von nichts anderem gesprochen«, sagte Linda. »Und das hier – Entschuldigung – aber das hier hätte sie als, ich weiß nicht, Magie abgetan. Ich weiß nicht, ob Magie das richtige Wort ist.«

»Vielleicht schon.«

»Haben Sie nicht gesagt, Sie würden wissenschaftlich arbeiten?«

»Magie ist nichts anderes als eine neue Form, mit Zeichen umzugehen. Sehen Sie, das passiert bei jeder Innovation des Wissens …«

»Des Wissens?«

»Wir beginnen, die Welt neu zu interpretieren und zu deuten. Diese strikte Trennung – was wissenschaftlich ist, was magisch, was künstlerisch, was spekulativ – diese Unterscheidung haben wir aufgegeben. Wie ich schon sagte: Wir sind da mittlerweile weiter, in vielen Bereichen übrigens.«

»Aber Sie können Kontakt aufnehmen mit …?«

»Ich würde es nicht unbedingt Kontakt nennen.«

»Entschuldigung, aber können wir vielleicht woanders …? Die Baustelle dort draußen …«

»Oh, aber natürlich. Kommen Sie hier entlang.«

Die Frau führte sie in einen hellen, weißen Flur. Wann immer sie an einem Fenster vorbeikamen, blickte Linda hinaus und sah die harten Formen der sonnenbestrahlten Stadt. Ein glühender Betonblock, eine schwarze Haltestellenbank, der Himmel ohne Wolken, das Gleißen der vorbeifahrenden Autos.

»Ich bin ein wenig über Ihre Verwunderung gestolpert«, sagte die Frau, ohne dass sich der Rhythmus ihrer Schritte dabei veränderte. »Mir war nicht klar, dass Sie nichts davon wussten. Waren Sie nicht dabei, als …?«

Linda dachte an den Tag, an dem sie das erste Mal in das Haus zurückgekehrt war, an das helle Rot der Fassade, das aussah wie an jedem anderen Tag. Wie sie langsam auf das Gatter aus rostfreiem Stahl zugegangen war, links die Gegensprechanlage aus braunem Plastik und dann hinter dem Gatter, hinter dem Zaun der Garten: vertrocknetes, gelblich verblichenes Gras und auf dem Gras die dicken, braunen Flecken, wo das Fallobst verfault war. Der ganze Garten war in der Hitze dieses einen Sommers verbrannt.

Sie war entlang des Zauns weitergegangen und hatte sich zu erinnern versucht, wie dieser Garten noch vor wenigen Jahren ausgesehen hatte. Die angrenzenden Gärten standen in sattem Grün.

Ein Nachbar war dabei, seine Sträucher zu wässern. Er nickte ihr zu, aber sie sah in diesem Nicken eine Anklage.

Sie hatte ihm zugerufen, dass sie gedacht hätte, der Regen würde genügen. Und er hatte geantwortet, dies sei das vierte trockene Jahr in Folge. Kein Garten hier könne nur durch den Regen überleben.

»Nein«, sagte Linda und zwang sich, nicht mehr als das zu sagen.

Die Frau nickte lediglich und öffnete eine Tür zu ihrer Linken. »Hier sehen Sie unsere Vorrichtung«, sagte sie und führte Linda in einen weiteren Raum: dasselbe sanfte Licht wie der Warteraum, dieselben Polster in Petrolfarben. Sie mussten einen Innendesigner für sämtliche Räume engagiert haben, dachte Linda. Für ein kohärentes Bild der ganzen Firma. Alles wirkte fertig und täuschte darüber hinweg, dass dies die Beta-Phase des Projekts war, wie sie aus der dritten Mail erfahren hatte.

»Ich muss noch ein paar Fragen stellen.«

»Aber sicher doch!«

»Wie geht dieser Kontakt? Wie funktioniert das alles? Wie kommt das zustande?«

»Ich würde wirklich nicht von Kontakt sprechen.«

»Was ist es dann?«

»Wie ich schon sagte: Es geht um die Deutung eines Zeichens. Und das Verhältnis von Bezeichnetem und Bezeichnendem ist, wie soll ich sagen, naturgemäß kompliziert. Wir sind alle nur Interpretinnen. Mehr nicht.«

»Wie ein Signal, ein Code, der entziffert wird, also? Aber woher kommt dieses Signal?«

Die Frau breitete ihre Arme wie in einer versöhnlichen Geste aus. »Wenn Sie von Signalen sprechen wollen, können Sie das natürlich. Aber ja, Sie fragten, wie sich die Zeichen materialisieren.

Haben Sie sich schon einmal mit MacDougall und seinen Forschungen beschäftigt?«

»Das ist der mit den einundzwanzig Gramm, nicht wahr?«

Zum ersten Mal meinte Linda, eine leichte Verstimmung bei der Frau hören zu können: »Das ist die populäre Erzählung, ja. Oft zitiert. Natürlich kennen Sie den Film. Die meisten kennen den Film. Tatsächlich ging es ihm um ein metaphysisches Problem, das er, wie soll ich sagen, physiologisch zu lösen suchte. Es ging letztendlich, vereinfacht gesprochen, um das Gewicht der Seele. Obwohl wir hier im MacDougall-Projekt mittlerweile nicht mehr von Seelen sprechen, sondern von fluiden Formen. Aber Duncan MacDougall versuchte tatsächlich, das Gewicht der Seele zu bestimmen.«

»Ich erinnere mich. Die Gewichtsdifferenz. Das waren Tuberkulosepatienten, richtig?«

»Ganz genau!« Die Frau strahlte sie jetzt an und nickte wieder eifrig, während sie ihre rechte Hand in einer ununterbrochen kreisenden Bewegung hielt. »MacDougall legte, nun ja: sterbende Patienten auf einen speziell präparierten Tisch, unter dem eine industrielle Waage angebracht war. Er stellte im Augenblick ihres, wie es damals hieß, Todes einen Gewichtsverlust fest. Selbstverständlich standen MacDougall damals, das war zu Beginn des letzten Jahrhunderts, nicht die technischen Möglichkeiten zur Verfügung, über die wir heute verfügen. Das macht seine Ergebnisse etwas, sagen wir, schwierig einzuordnen. Aber die grundlegende Erkenntnis ist auch die Basis unseres Unternehmens.«

»Das heißt, eine Substanz verlässt den Körper.«

»Genau! Und sehen Sie diese Tanks dort drüben?«

Linda blickte auf das Gerät, das die gesamte gegenüberliegende Wand einnahm. Es hatte eine glatte, weiße Schale, zwei große Bildschirme und war an der oberen Seite mit mehreren Glasbehältern verbunden. Davor standen zwei Liegen, wieder mit petrolfarbenen Polstern.

»Dort drin?«, fragte Linda ungläubig und drehte sich wieder zu der Frau um.

Die nickte: »Erinnern Sie sich an die Videobotschaft?«

Linda erinnerte sich: Der Anhang der Mail. Sie hatte darauf geklickt und ein Mann mit blendendweißer Haut hatte zu ihr gesprochen und immer wieder gesagt, dass der Tod etwas Schönes sei. Oder dass der Tod etwas Schönes sein könne. Der Tod könne etwas Schönes sein, wenn er eine Möglichkeit des Kontaktes biete, eine Möglichkeit der Kontaktaufnahme. Vielleicht sollten wir den Tod einfach nicht mehr Tod nennen. Vielleicht sollten wir ihn Übergang nennen, hatte er gesagt.

Er sagte auch: »Wenn wir nur zuhören könnten, was uns die Toten zu sagen haben.« Dabei hatte die Kamera ganz langsam in sein Gesicht gezoomt, das so weiß erschien wie kein anderes Gesicht, das Linda jemals in ihrem Leben gesehen hatte.

»Wenn wir nur zuhören könnten«, hatte er gesagt und es war ihr vorgekommen, als käme seine Stimme von vielen verschiedenen Orten gleichzeitig, aber das war natürlich nur ein Nebeneffekt ihrer wirklich sehr guten Sennheiser-Kopfhörer gewesen.

Der Mann hatte einen offenen Kimono getragen, auf dessen Stoff ein Sternenhimmel gedruckt war.

»Wie ist das möglich?«, fragte Linda und starrte die Tanks an. Sie konnte nichts darin erkennen. Sie sahen vollkommen leer aus.

Die Frau lächelte entschuldigend. »Es ist nicht ganz leicht, das zu erklären. Wissen Sie: Wir haben die fluiden Formen über einen wirklich langen Zeitraum untersucht und nach einiger Zeit haben wir, wie könnte ich das ausdrücken, Muster erkannt.«

Vorsichtig näherte sich Linda der Maschine und den Tanks.

»Muster?«

»Es ist vielleicht vergleichbar mit den Hieroglyphen. Die Zeichen selbst sind rätselhaft auf den ersten Blick, doch sobald man Regelmäßigkeiten entdeckt, beginnt die Interpretation. Ja, dieser Vergleich passt recht gut: Hieroglyphen sind ja ebenfalls Zeichen aus einem uns erst einmal unbekannten Zeichenraum ...«

»Und meine Großmutter?«

»Ihre Großmutter war so großzügig, uns ihre fluide Form, sozusagen, zu überlassen. Also das Zeichen zu deuten. Und deshalb haben wir auch Sie ausgewählt, an unserem offenen Beta-Programm teilzunehmen. Es ist uns eine große Ehre, wissen Sie ...«

»Ist sie ...«, begann Linda und streckte ihre Hand langsam in Richtung des Tanks aus, »dort drin?«

Die Frau seufzte. »So würde ich das nicht unbedingt ausdrücken.«

Lindas Finger näherten sich vorsichtig der Oberfläche des Tanks. Etwas hielt sie davon ab, das Glas zu berühren. Sie dachte an ihre Großmutter und ihre Witze über die Ehrfurcht vor den Toten. Sie erinnerte sich, wie sie ein Jahr vor ihrem Tod über den Friedhof gegangen waren und ihre Großmutter mit einem Mal gelacht und gesagt hatte, wenn sie schon einmal hier sei, könne sie ja auch gleich eine Runde Probeliegen.

»Aber was ist dort drin?«

Leise trat die Frau neben Linda und legte ihre Hand behutsam auf Lindas ausgestreckte Hand, die vor dem gläsernen Tank in der Luft hing.

»Nun, auch wenn wir bewusst mit dieser populären Erzählung brechen wollen: Dort drin sind ihre einundzwanzig Gramm.«

2.

Linda war jetzt allein. Die Frau hatte die Tür vorsichtig hinter sich geschlossen, nachdem sie ihr gezeigt hatte, wie sie die Übertragung starten könnte.

Doch Linda startete nicht die Übertragung. Sie legte sich auf eine der Liegen, auf die petrolfarbenen Polster und steckte sich Kopfhörer in ihre Ohren. Eine Weile scrollte sie sich durch die Liste verfügbarer Musikstücke, dann spielte sie eine Datei mit Feldaufnahmen ab: Wind ging durch Blätter und Zweige, etwas bewegte sich im Gras, etwas summte, etwas zirpte, etwas gab ein klickendes Geräusch von sich. Der Raum war kühl. Jeder, der es sich leisten konnte, ließ in diesen Tagen die Klimaanlagen laufen. Linda dachte, dass jede Klimaanlage sofort eine viel größere Distanz zu der äußeren Welt schaffte, als es jede noch so ausgefallene Schutzvorrichtung vermochte.

Klimaanlagen zeigen uns, dass wir nicht an diesen Ort gehören, dachte sie und versuchte, die Augen zu schließen, doch es gelang ihr nicht.

Sie erinnerte sich an die Wochenenden, die sie im Haus ihrer Großmutter verbracht hatte, wie sie nach der Beerdigung zurückgekehrt war, wie sie neuen Rasen gepflanzt hatte, neue Hecken und Büsche. Wie sie jeden Tag den Rasensprenger aufgestellt und ihm dabei zugesehen hatte, wie er den alten Garten zurückbrachte, ihn wiederauferstehen ließ. Nach der ersten Begegnung hatte sie nie wieder mit dem Nachbarn gesprochen, doch sie wusste, dass er sie aus dem Schatten seines Sonnenschirms beobachtete, wo seine Frau ihm Getränke brachte, und sie verschwand nicht im Haus. Sie blieb auf den Stufen vor der Haustür sitzen, ließ den Schweiß ihren Nacken hinablaufen und ging nicht in die schützende Kühle hinein. Er sollte sie sehen.

Dann scrollte sie sich durch den Nachrichtenverlauf mit Christopher, durch immer wütender werdende Fragen und Nachfragen, durch anwachsende Fragezeichenketten.

»Antworte mir wenigstens einmal pro Wochenende, wenn du dort bist.«

Und: »Ich habe das Gefühl, ich kann dich nicht mehr greifen ...«

Und: »Ich weiß, es ist schwer, aber es ist auch für mich schwer. Wo bist du???«

Dann kam es, wie es immer kam. Sie öffnete den Fotoordner und scrollte und scrollte, ging an den Bildern der Krankenhausfenster vorbei, an den Bildern der perfekt weißen Decken vorbei, an den Bildern der Schatten auf den Fluren vorbei, an ihrem papiernen Gesicht vorbei, an den Schläuchen vorbei, bis sie zu dem einen Scan kam, der noch auf einem gedruckten, analogen Foto beruhte.

Linda war vielleicht sechs Jahre alt auf dem Bild. Sie stand vor der Haustür ihrer Großmutter in einem grellgelben Regenmantel und hatte den Mund beim Lachen so weit aufgerissen, dass ihre Augen fast nicht mehr zu sehen waren.

Ihre Großmutter saß neben ihr auf dem Boden im Schneidersitz und streckte ihre Zunge heraus. Ihr Haar war ungekämmt und bereits grau, ihre Haut sandfarben und faltig. Alles war hell, alles war sehr weit weg, doch Linda konnte immer noch die Stimme hören, den rauen Ton in ihrem Ohr: »Lass uns noch eins von diesen Scheißfotos verderben.«

Ihre Finger gingen über das Bild, vergrößerten es, bis das Gesicht ihrer Großmutter eine verwaschene Fläche wurde, Pixel neben Pixel neben Pixel. Nichts Menschliches war mehr auf dem Display zu erkennen, nur verschiedene Farbinformationen, Werte, Einheiten. Aus ihren Kopfhörern drang das Knacken eines Asts, der Ruf einer Eule, die Aufnahme musste nachts entstanden sein. Linda erinnerte sich an das rohe, heftige Gefühl der Freude in diesem fernen Moment, geboren aus dem Bewusstsein, dass etwas Verbotenes geschah. Sie erinnerte sich an die einzige Frage, die ihre Großmutter über Christopher gestellt hatte – »Ist er ein Loser?« – und erinnerte sich daran, wie sie dem behandelnden Arzt mit den behaarten Handrücken, weil sie wirklich nicht wusste, was sie fragen oder sagen sollte, gesagt hatte, dass Ärzte in Arztserien immer ganz anders aussähen als in der Realität, und der traurig und ernst genickt hatte.

»Ihr tragt alle Brillen. In den Serien trägt niemand Brillen«, hatte sie gesagt.

Linda erinnerte sich daran, wie sie den Kopf geschüttelt hatte, als der Arzt sie gefragt hatte, ob sie noch einmal hineingehen und sich verabschieden wolle.

Ihre Finger huschten über das Display, schlossen den Fotoordner und wechselten die Musik. Mit einem Mal konnte sie die Naturaufnahmen nicht mehr ertragen, stattdessen ließ sie »Farmer in the City« von Scott Walker laufen, weil sie sich grob daran erinnern konnte, dass die altertümlichen Geigen im Hintergrund einmal eine beruhigende Wirkung auf sie gehabt hatten. Und genau jetzt brauchte sie etwas Beruhigendes, weil sie an die Autobahn denken musste, die sie hierhergeführt hatte, und an all die anderen Autobahnen, die sie immer wieder zum Haus ihrer Großmutter in der Vorstadt geführt hatten und dem Garten, der trotz wöchentlichem Rasensprengereinsatz nicht wiederauferstehen wollte.

Sie ließ drei oder vier Tränen auf das Display tropfen, ehe sie ihren Kopf nach hinten riss und sich zwang, an etwas anderes zu denken.

Sie stellte sich zum ersten Mal ernsthaft die Frage, was sie hier eigentlich wollte. Ihr Blick huschte kurz hinüber zu dem gläsernen

Tank, in dem sie immer noch nichts erkennen konnte und den sie nicht zu lange betrachten wollte. In diesem Moment sang Scott Walker zum zweiten Mal:

»Do I hear twenty-one ... twenty-one ... twenty-one?
I'll give you twenty-one ... twenty-one ... twenty-one.
Do I hear twenty-one ... twenty-one ... twenty-one?
I'll give you twenty-one ... twenty-one ... twenty-one.«

Die einundzwanzig Gramm, dachte sie und es erschien ihr wie ein Zeichen, dass sie in genau diesem Moment genau diesen Song ausgewählt hatte, um die Unruhe zu bekämpfen, die dabei war, sich wieder in ihrem Körper auszubreiten. Natürlich wusste sie, dass es keine Zeichen gab, dass vermutlich die Spracherkennung ihres Phones auf die wiederholte Aussprache des Wortes »Einundzwanzig« reagiert hatte, wusste auch, dass es in dem Song um etwas anderes ging. Aber auch um den Tod.

Sie wollte immer noch nicht den Tank ansehen. Etwas an dem durchscheinenden Glaskonstrukt war nicht auszuhalten. Ihr wurde übel, wenn ihr Blick zu lange auf dem Raum verweilte, der von dem Glas umschlossen war. Da war ein dunkles, schweres Ding, das sich in ihrem Magen bewegte. Etwas wollte nicht still bleiben.

Einmal hatte sie das Gefühl, im Augenwinkel eine Bewegung im Glas zu sehen.

Linda dachte: Ich sollte gehen.

Scott Walker wusste, wie man klagt. Sie wünschte sich, etwas übertrieben Pathetisches und Kitschiges zu tun, mit Fäusten gegen Wände in beruhigenden Farben zu schlagen und nicht mehr beherrscht zu reagieren.

Loslassen – wie ging das noch mal?

Sie dachte: Ich sollte gehen und Christopher anrufen und ihn bitten, nach Hause zu kommen und weinen und aufhören, den

Garten des Hauses zu bewässern, sondern endlich jemand damit beauftragen, die Immobilie zu verkaufen.

Christopher anrufen, dachte Linda, ich sollte wirklich Christopher anrufen. Christopher, der ihr gesagt hatte: Du bist so viel stärker als das. Ein schöner Satz, der ihr ein bisschen auswendig gelernt erschienen war, aber es war trotzdem ein schöner Satz.

Sie dachte: Ich sollte wirklich nicht hier sein.

»Sie können jetzt noch einmal hineingehen. Ich bin mir sicher, Ihre Großmutter kann sie verstehen«, hatte der Arzt gesagt und dann diesen kleinen Zusatz hinzugefügt, diesen kleinen Halbsatz, diese Aneinanderreihung von Tönen: »Wenn Sie möchten ...« Und natürlich war seine Stimme nach hinten hin schwächer geworden, waren die letzten Töne, war die letzte Luft im Flur des Krankenhauses verschwunden, wo die Liegen standen, wo die Wäsche abtransportiert wurde, von der Linda nicht sagen konnte, ob es die Wäsche der Geheilten oder die Wäsche der Gestorbenen war. Sie hatte seine behaarten Handrücken angestarrt, die so überhaupt nicht klinisch ausgesehen hatten, so überhaupt nicht steril, sondern wie etwas richtig schmutzig Lebendiges.

Das hatte sie damals gedacht: schmutzig lebendig. Sie wusste es noch.

»Wenn Sie möchten ...« – Während Linda auf die weiße Tür, die weiße Maschine, die leeren Screens starrte, war sie sich sicher, dass sie den Ton dieses Halbsatzes noch exakt nachsprechen könnte.

Das Schlimmste an Krankenhäusern ist die Wandfarbe.

Linda merkte, dass sie zitterte. Die Klimaanlage war viel zu stark eingestellt, ihr war kalt. Vorsichtig erhob sie sich und trat ans Fenster. Die Geräusche der Presslufthämmer waren verstummt. Sie konnte die Baustelle von hier oben erkennen: Eine Menschentraube hatte sich neben einem Krankenwagen auf dem erhitzten

Asphalt gesammelt. Junge Männer in schwarzen Jogginghosen mit weißer Frakturschrift auf den Hosenbeinen standen etwas abseits und hatten die Arme so verschränkt, dass ihre Bizepse nach vorne geschoben wurden. Eine Frau, die nur einen hellgrünen Badeanzug und darüber eine abgeschnittene Jeans trug, schrie in ein Telefon. Ein kleines Mädchen in einem Blümchenkleid hatte ihren Mund aufgerissen. Ihre Mutter kniete neben ihr und hielt ihre Stirn, als müsse sie ihr Fieber prüfen. In der Mitte lag einer der Bauarbeiter mit nacktem Oberkörper, den Helm noch auf dem Kopf, der die Farbe einer Aubergine angenommen hatte. Neben ihm knieten die Sanitäter.

Ihr Blick suchte das Bild ab. Alles noch einmal: Der zusammengebrochene Bauarbeiter verschenkte keine Blicke. Er hatte keine mehr. Alle anderen dagegen schon: Sie starrten, suchten mit ihrem Blick nach etwas, von dem sie wahrscheinlich selbst nicht wussten, was es sein sollte. Vielleicht ein Punkt, von dem aus sich die Szene wieder drehen würde, der alles in ein neues Licht tauchen könnte. Ihre Kleidung passte nicht mehr. Niemand sollte bedruckte Jogginghosen tragen in einer solchen Situation, niemand hellgrüne Badeanzüge, niemand Blümchenkleider.

Wir gehören nicht mehr in diese Welt jenseits des Glases, dachte sie und konnte einen Augenblick später nicht mehr sagen, wie sie auf den Gedanken gekommen war. Sie dachte an die Hitze, dachte an das Wasser, das im Garten verdunstete. Vielleicht war es gut, dass ihre Großmutter rechtzeitig gegangen war, um nicht mehr das Vertrocknen ihrer Beete mitansehen zu müssen. Vielleicht durfte man so etwas gar nicht denken.

Unten, jenseits der Scheibe, verschwand der Bauarbeiter hinter den leuchtenden Körpern der Sanitäter, nur die Menge um ihn blieb in Bewegung, wogte um ihn, ohne dass sich jemand tatsächlich bewegte – eine unruhige Masse an Teilchen unter Strom auf einer lebensfeindlichen Straße, deren Asphalt weich in der Sonne wurde. Linda spürte weiterhin das dunkle Ding in ihrem Magen. Und mit einem Mal war da ein ihr selbst unerklärliches Bedürfnis nach einem Glas Gurkenwasser, das auf dem Tisch des Wartebereichs gestanden hatte.

Sie drehte sich um und berührte den Touchscreen der Maschine, der sich sofort erhellte.

Die Frau hatte gesagt: »Wir haben die Zeichen der fluiden Formen in Klang übersetzt. Fragen Sie nicht, ob das Kunst oder Wissenschaft oder Technik ist. Hören Sie es sich an.«

Linda hatte gefragt: »Wie ist das möglich?«

Die Frau hatte gelächelt und ganz kurz ihre Haarsprayfrisur berührt, als müsse sie sich vergewissern, dass alles hielt. Doch keine einzige Strähne hatte sich bewegt.

Linda drückte auf Play.

Linda schob den Lautstärkeregler nach oben.

Linda hörte ein Rauschen in den Boxen und fragte sich, ob sie einem Windhauch lauschte.

Und dann hörte sie eine Stimme, die aus dem Rauschen herausstach. Es war nicht die Stimme ihrer Großmutter. Es war die Stimme eines Mädchens. Sie hörte eine vorsichtige Stimme. Eine ängstliche Stimme, die sehr schnell sprach. Linda drehte den Lautstärkeregler noch weiter nach oben und kniete sich vor die Maschine. Sie blickte immer noch nicht zu den gläsernen Tanks. Sie drehte ihren Kopf, um wirklich alles hören zu können.

Und sie hörte die Stimme, die es sich verbot, jetzt etwas in Frage zu stellen, die sich immer wieder sagte, sie dürfe jetzt nichts in Frage stellen, dass sie bis zum Schluss keine Fragen stellen dürfe, keine Zweifel aufkommen lassen dürfe, bereit sein müsse; eine Stimme, die sich versicherte, doch bereit gewesen zu sein, doch immer bereit gewesen zu sein und jetzt nur an das Gute denken müsse, an das kleine Fenster, von dem aus die Wiese immer dunkler gewesen sei und daran, dass eigentlich immer Winter war, wenn man zur Schule gehen musste …

Sie sprach noch weiter, mit einer zittrigen, kaum hörbaren Stimme, die drohte, im Rauschen zu verschwinden. Doch sie verschwand nicht im Rauschen. Sie wurde von einer zweiten Stimme unterbrochen, einer laut krächzenden Männerstimme, die so plötzlich aus den Lautsprechern keifte, dass Linda zusammenzuckte. Dieser Mann forderte jemanden auf, seinen Fuß wieder zuzudecken, jetzt endlich den Fuß wieder zu bedecken, er wolle nicht, dass jemand den Fuß sehen könne, niemand solle den Fuß zu sehen bekommen und ob sie nicht den Fuß sehen könnten?

Wer sprach da? Es musste eine Datenbasis geben, dachte Linda, während sie sich gleichzeitig Mühe gab, nichts zu denken, um alles aufnehmen zu können, um nichts zu verpassen, nur um wieder Angst davor zu bekommen, tatsächlich etwas zu hören. Es musste eine Datenbasis geben, genug Daten, um eine Stimmhöhe, einen Rhythmus, eine typische Intonation zu ermitteln. Sie dachte an den verstorbenen K-Pop-Star, der als Hologramm in einer Talkshow gesprochen und gesungen hatte, alles auf Basis von unendlich großen Datenmengen. Ja, so musste das funktionieren, dachte sie, und für einen Moment beruhigte sie der Gedanke, doch dann hörte sie eine nur gehauchte Stimme, wie aus den Wolken, die von einem Autoschlüssel sprach, einem Autoschlüssel auf einer schwarzen Kommode im Flur, direkt unter der Stelle an der Wand, wo der Schimmel wieder hervorkommt, sie brauche nur den Autoschlüssel auf dem Teller auf der schwarzen Kommode im Flur, direkt unter der feuchten Stelle an der Wand, wo der Schimmel immer wiederkommt; Linda hörte diese kaum hörbare Stimme im Rauschen und zwang sich, an einen Fehler im System zu denken, an einen Bug, einen Glitch, einen Programmierfehler, denn was sollten diese Stimmen ihr tatsächlich sagen, aber hörte schon die nächste müde Stimme, die ihr sagte: »Es wird gut werden …«

Linda rückte noch näher an die Lautsprecher heran. Ihr Smartphone vibrierte, einmal, zweimal, dreimal. Sie achtete nicht darauf. Ohne auf das Display zu schauen, schaltete sie es aus und legte ihr Ohr auf die pelzige Oberfläche der Box, war ganz drin in dem Rauschen, war mitten unter den Stimmen und wartete auf die eine Stimme, die sie wiedererkennen würde, obwohl die Frau ihr mehrmals gesagt hatte, sie hätten die Stimmen nicht nachempfunden oder vielleicht würde sie die Stimme auch überhaupt nicht erkennen, vielleicht wäre sie verfremdet, würde fremd klingen oder ungewohnt und generell solle sie den ganzen Prozess als Vergegenwärtigung verstehen, nicht als direkte Übersetzung, ob sie das verstehe, sie solle sich einfach darauf einlassen, das sei das Wichtigste. Obwohl die Frau all das gesagt hatte, wartete sie auf den Klang, wünschte sich nichts mehr, als ihn noch einmal zu hören, denn dann wäre es gut, dann könnte sie sich verabschieden, dachte Linda, während sie mehr und mehr das Gefühl bekam, das Rauschen fülle den Innenraum ihres Schädels von einem Ende zum anderen, und nicht mehr sagen konnte, ob ihr Mund offenstand oder geschlossen war, ob ihr kalt oder heiß war. Sie war ganz unter den Stimmen, Stimmen, die ihr vom Geruch des Regens, dem Beschleunigen des Autos im Auslauf der Kurve und von Samstagvormittagen in Pyjamas vor dem Fernseher erzählten, dachte nur noch: Sprich mit mir.

Sprich mit mir.

Sprich mit mir.

Sprich noch ein wenig länger.

3.

Auf der Straße sprang das Licht von den Scheiben der vorbeifahrenden Autos zu den Rückspiegeln zum Glas der Fenster, die sich weit in den Himmel erstreckten. Die Menge, die sich um den zusammengebrochenen Bauarbeiter gebildet hatte, blinzelte und zerstreute sich langsam. Eine Unruhe war unter sie gekommen. Sie alle stellten fest, dass sie ihre Zeit mit etwas Grundfalschem verbracht hatten, während sich der Tag unbemerkt zum Nachmittag gewendet hatte. Die jungen Männer in den schwarzen Trainingshosen reichten eine Wasserflasche herum und trippelten noch auf der Stelle.

Jemand in der Menge hatte gesagt, dass die Hitzetoten seit Jahren zunehmen würden. Jeden Sommer und besonders in diesem Sommer, bei dem es sich um den heißesten seit Beginn der Temperaturaufzeichnungen handelte. Man durfte bei diesen Temperaturen nicht vergessen, genug zu trinken.

Die Frau im Bikini hatte aufgehört, in ihr Phone zu schreien. Sie sah müde aus und wandte sich wortlos ab, drehte sich aber gleich nach wenigen Metern noch einmal um, hob den rechten Arm, sagte wieder nichts, ging noch einmal ein paar Meter, drehte sich wieder um, sagte wieder nichts und bog schließlich um die Ecke.

Die Mutter hatte ihre Tochter mit dem Blümchenkleid auf die andere Straßenseite getragen, flüsterte ihr Worte ins Ohr, während die kleinen Arme schlaff über ihren Rücken hingen.

Die verbliebenen Bauarbeiter blieben ratlos zurück, wischten sich den Schweiß aus ihren Gesichtern, rieben mit ihren schmutzigen Händen gleich noch einmal über ihre Wangen. Dann holte einer von ihnen eine Schachtel Zigaretten aus seiner Tasche und reichte sie herum. Sobald die ersten Rauchwolken in den gnadenlosen Himmel stiegen, kauerten sie sich gemeinsam auf den

Asphalt, den aufzubrechen sie gekommen waren, und begannen zu trauern.

Später hätte niemand sagen können, wann Linda genau auf der Kreuzung aufgetaucht war. Später würde wenigstens eine Person sagen, es sei ihr Gang gewesen, der die Aufmerksamkeit auf sie gelenkt hätte, die Art, wie sie immer wieder stolperte, hinfiel, sich wieder aufrappelte und weitereilte.

Später würde die Mutter des Mädchens im Blümchenkleid sagen, ihr seien zuerst die großen Schweißflecken auf dem Tenniskleid der Frau aufgefallen und dann erst ihr Mund, auf eine Art verzogen, die sie noch nie bei einem Menschen gesehen hatte. Ihre Zähne strahlten in grellem Weiß, weil sie gegen die Sonne lief und sich dabei nicht um die hupenden Autos rechts und links von sich kümmerte, sie hatte die Mundwinkel weit nach außen gezogen, als zwinge sie sich zu einem besonders anstrengenden Grinsen. Und sie lief, stolperte wie verwirrt umher, blieb vor einem bremsenden Auto stehen und ließ sich von dem Fahrer beleidigen.

Später würde einer der jungen Männer in schwarzen Trainingshosen sagen, sie sei irgendwie unnormal gelaufen und er habe das Gefühl gehabt, sie sei nicht wirklich auf dieser Welt gewesen, sondern irgendwo, an einem ganz anderen Ort.

Später würde einer der Bauarbeiter, der schließlich aufsprang, sich die Tränen aus dem Gesicht wischte, auf die Straße rannte und die Frau an der Schulter packte, sagen, dass diese Frau, von der er nicht wusste, dass sie Linda hieß und woher sie kam, die er auf die nächste Verkehrsinsel, auf das vertrocknete Gras, in Sicherheit zog, immer wieder einen Satz gesagt hätte.

Doch bevor er den Satz verstehen konnte, krümmte sich ihr Körper zusammen und sie erbrach sich direkt auf seine Füße, was, wie er später wieder und wieder erzählen würde, ihm in diesem Moment ganz egal gewesen sei.

Die Frau vor ihm zitterte in der Hitze des Nachmittags und starrte ihn aus einem blassen Gesicht an.

Er deutete hilflos auf die Straße, auf die Autos, die sie umrundeten: »Das hätte ins Auge gehen können. Das war ganz schön knapp.«

Die Frau reagierte nicht.

»Kann ich was tun? Irgendwas? Wollen Sie was trinken?«

Unendlich langsam, als bewege sie sich durch besonders zähe Luft, machte die Frau einen Schritt auf ihn zu. Er blieb stehen, nahm sie nicht in den Arm, aber legte seine Hand auf ihre zitternde Schulter. Und er hielt sie fest, hielt sich vielleicht auch an ihr fest und flüsterte Sätze, die er sofort wieder vergaß.

Er zählte die Autos und wartete ab.

Später würde er sagen, dass er wegen der vorbeifahrenden Autos mehrfach hinhören musste, bis er den Satz ganz verstanden hatte. Doch nach dem vierten oder fünften Mal war er sich sicher. Die Frau sagte: »Sie hat gesagt: Es ist so eng, da, wo sie jetzt ist.«

Wieder und wieder: »Sie hat gesagt: Es ist so eng hier.«

Später darauf angesprochen, was dieser Satz bedeuten könnte, würde er schweigen und nichts antworten, nur irgendwann sagen, er habe nichts verstanden außer der einen Sache; dass es in diesem Moment besser war, da zu sein, als nicht da zu sein. Und das sei ein guter Gedanke gewesen.

4.

Hallo Linda,

du hast am 4. August an der offenen Beta-Phase des MacDougall-Projekts teilgenommen. Wir freuen uns extrem, dass du uns dein Vertrauen geschenkt und dich auf eine ganz neue Auseinandersetzung mit dem Leben jenseits dieses Lebens eingelassen hast.

Weil sich das MacDougall-Projekt noch in der Beta-Phase befindet, sind wir natürlich sehr an deinen Eindrücken und deinem Feedback interessiert. Bitte nimm dir ein paar Minuten Zeit, um noch einmal in dich zu gehen, deine Erfahrung mit dem MacDougall-Projekt Revue passieren zu lassen und deine Gedanken aufzuschreiben.

Jede Rückmeldung hilft uns auf unserem Weg hin zu einem vollkommen neuen Umgang mit den vielfältigen und diversen Arten des Übergangs. Wir bleiben dem Kern unserer Philosophie treu: Der Tod soll eine Kontaktaufnahme werden.

Eins ist uns aber auch klar: Ohne mutige Menschen wie dich können wir diesen Weg nicht gehen. Und dafür wollen wir dir danken: Danke für dein Vertrauen in uns!

Viele Grüße,
Sarah
Head of Customer Service
MacDougall-Project Germany

DER SCHLÜSSEL ZUM KELLER

Über den Dächern der Stadt flackern die Hologramme, größer als Düsenjets, in grellem Pink und hellem Grün und tiefem Blau. Das Mädchen, das den Bären besiegt. Die Szene dieser Nacht in der Langsamkeit eines Seesterns. Sie verschränkt ihre Arme und lässt ihn nicht vorbei und Tausende Heimkehrer betrachten den Kampf am Nachthimmel über Berlin. Wir wollen alle an das Mädchen glauben. Wir sollen alle an das Mädchen glauben. Das Mädchen wird uns retten. Es beschützt uns vor dem Bären und seinen Klauen. Das Mädchen ist unsere Hoffnung.

Auf dem Weg nach oben lausche ich in die Flure hinein. Von der Musik hören wir nur den Bass und auch der ist leise. Niemand schreit, niemand schlägt, alle sind beruhigt und betäubt. Die Lieferengpässe der letzten Wochen sind überstanden, und wir alle tauchen hinab in ein Bad aus milchigem Wasser. Wir haben alle unsere Medikamente erhalten. Der nächste Morgen ist fern und die Türen verschlossen.

Es geht mir gut. Es gefällt mir, so nach Hause zu kommen. Es gefällt mir, alle meine Nachbarn auf ihren Polstern zu wissen, wo sie dem Stream folgen und an ihre Wandtattoos denken. Das ist mein Block und ich lasse nicht zu, dass jemand die Wände beschmiert. Ich bin der Einzige mit einem Schlüssel zum Keller. Sie wissen, an wen sie sich wenden müssen und ich kenne sie alle, sie und ihre Angst. Sie nennen mich den Saubermann und sie achten mich.

Ich komme über den Laubengang durch zwanzig Meter warme Nacht zu meiner Haustür, gerade in dem Moment, in dem der gigantische Bär stumm heulend die Flucht ergreift, schließe sie auf und höre ihn schon rufen: »Er kehrt zurück! Der Arbeitswillige kehrt zurück! Gepriesen sei er! Gepriesen!«

Keine zwei Meter habe ich im Wohnungsflur geschafft, da schallt mir sein Evangeliensound entgegen. Ich kann nicht sagen, wann er es sich angewöhnt hat. Ich kann ja nicht einmal sagen, wie lange er nun schon bei mir wohnt. Es riecht nach altem Rosenkohl, wann immer ich nach Hause komme. Als erstes reiße ich bei meiner Rückkehr die Fenster auf, lasse die frische Luft hinein und halte mein Gesicht gierig in den Luftzug, doch es hilft nichts.

Es riecht nach Rosenkohl, doch niemand von uns isst Rosenkohl. In dieser Wohnung wurde seit Tagen, seit Wochen, vielleicht seit Jahren kein Rosenkohl mehr zubereitet.

»Selig sind die Arbeitswilligen! Selig die Tüchtigen!«, ruft er vom Wohnzimmer in den Flur. Die Kröte. Friedrich, die Kröte. Und in meiner Hand: das abgepackte Hack.

Ich erinnere mich an eine Wohnung ohne Geruch. Ich erinnere mich an eine Wohnung, die mein Refugium war, das Zentrum dieses Blocks, von dem aus ich meine Gänge unternahm, die gesamte Anlage hinauf und hinab. Jetzt ist er hier und es riecht nach Rosenkohl. In meiner Hand halte ich das Hack, doch ich verspüre keinen Appetit mehr. Vielleicht kehrt er später zurück, vielleicht geht Friedrich heute früher schlafen, und ich kann noch etwas die Stille genießen, das Hack braten und in Frieden verspeisen. Aber wem mache ich hier etwas vor? Er geht nie vor mir schlafen. Ich weiß nicht einmal, ob er überhaupt schläft.

Friedrich ist mein Gast, vielleicht auch mein Besucher oder sogar mein Mitbewohner. Wer kennt schon den Unterschied? Wenn ich nach Hause komme, sitzt er da, thront auf meinem Sofa, in all seiner Pracht, das runde Krötengesicht zu einem Lächeln verzogen, und ich lächle zurück. Das ist meine Wohnung in meinem Block, zwei Stationen vor Endstation und dann noch einmal zehn Minuten zu Fuß, aber es ist mein Zentrum, meine Wiege, hier sollte ich nicht zurücklächeln, wenn ich es nicht möchte, doch ich tue es.

Niemand aus meinem Block hätte es gewagt, an meiner Tür zu klingeln. Niemand. Das kann ich mit absoluter Bestimmtheit sagen. Sie achten mich hier. Sie respektieren mich. Sie wissen, dass ich mich kümmere. Aber sie wissen auch, wann ich nicht mehr erreichbar bin, wann meine Tür verschlossen ist. Keiner von ihnen hätte es gewagt, an einem lauen Abend weit nach Ende meines Arbeitstags an meiner Tür zu klingeln.

Nicht die Frau aus dem Ersten (dritte Tür), die mir bei jedem Treffen auf den Laubengängen erzählt, dass sie ihren Job nach einem Gespräch mit ihrem Chef verloren habe, in welchem er ihr eröffnete, sie sei Material für eine Management-Position, weshalb es unmöglich an ihr gelegen haben könne. Sie zerkaut in ihren langen freien Tagen die Verwirrung, die sie mitsamt ihrer Kündigung erhalten hat, denn wenn es nicht an ihr lag, woran dann? Auch nicht die Jungs aus dem Zweiten (erste und zweite Tür), von denen ich weiß, dass sie dort kleine schmutzige Filmchen mit Dinosauriermasken drehen, aber ich drücke ein Auge zu, weil sie niemals die Zimmerlautstärke überschreiten. Soll mir niemand sagen, ich wüsste nicht, wann Gelassenheit gefragt ist. Und ich bin keiner, der jemandem verbieten würde, sich selbst wiederaufzurichten, sein Glück zu versuchen, Verantwortung zu übernehmen und vielleicht etwas zu riskieren, damit es wieder aufwärts geht. Ich habe den größten Respekt davor. Auch nicht der Mann mit den großen Brillengläsern aus dem Erdgeschoss hätte es gewagt, der Angst vor dem Weltmachtstreben der Chinesen hat und mir trotzdem sagt, der Tag, an dem ihm seine Ente süß-sauer nicht mehr schmecke, solle der Tag sein, an dem er sich in die Grube lege. Ich verstehe ihn nicht, aber ich bin auch keiner, der die Leute verstehen muss.

Sie freuen sich, wenn sie mich auf den Gängen treffen. Sie rufen mich bei dem Spitznamen, der sich mit den Monaten durchgesetzt hat. Sie rufen: »Herr Saubermann! Warum immer so schnell unterwegs?« Sie rufen: »Herr Saubermann! Mach doch mal eine Pause. Die Arbeit kann auch mal warten.« Und ich lache zurück, schüttele den Kopf und mache weiter, immer weiter.

Sie wissen, dass sie sich mir anvertrauen können.

Vielleicht hätte ich das bei meinem Gespräch sagen sollen.

Die Gespräche mit meiner Sachbearbeiterin finden einmal im Monat statt. Ihr Name ist Junebug. Ich sitze Junebug in ihrem Büro gegenüber und versuche, die Brille, mit der ich ihre Schaubilder im Raum sehen kann, irgendwie bequem auf meiner Nase zu platzieren. Wir sitzen uns gegenüber, sie stellt mir Fragen.

Wie meine Arbeit laufe, wie ich mit den Bewohnern des Blocks zurechtkomme, wie ich Konflikte löse, wie es mir mit den neuen Medikamenten gehe. Sie ist eine gute Personalerin.

Ich antworte: »Gut. Es läuft gut. Es gibt keine Probleme und Konflikte löse ich nach dem Schema.«

»Ja, das Schema«, antwortet sie, nickt und lächelt mich an, und ich frage mich, ob ich ihr nicht davon erzählen sollte, dass ich kreativ geworden bin mit dem Problem der Lärmbelästigung, aber erinnere mich daran, dass ich schon oft das Falsche gesagt hatte, dass die Worte, die ich sprach, manchmal ganz anders klangen, als sie klingen sollten. Deshalb beschränke ich mich wieder auf die Sätze, von denen ich weiß, dass sie funktionieren. Ich bin keiner, der aufdringlich wird.

Ich hätte ihr gerne etwas anderes gesagt. Ich denke an die

große, schwere Kellertür, zu der nur ich den Schlüssel habe. Ich hätte sie gerne etwas beeindruckt.

Manchmal stelle ich mir vor, wie es wäre, sie zu küssen. Ich würde ihr gerne viele kleine Küsse geben, jeder einzelne davon so klein, dass sie ihn fast gar nicht bemerkt. Die Küsse würden erst in ihrer Menge bemerkbar werden. Kein einziger Kuss wäre zu lang oder zu intensiv. Dann würde sie ihren Mund öffnen und ich meinen ebenso. Wir würden uns auf diese Art küssen, bei der sich einfach nur die Lippen öffnen und sich so ganz sacht berühren: ein ganz vorsichtiges Vor und Zurück. Lippen schnell öffnen und langsam wieder schließen, geschlossen halten, langsam wieder öffnen und dann schnell wieder schließen. Wie die Flatterbewegungen eines fliegenden Insekts. Es ist wichtig, dass man sich dabei nie zu lange ansieht. Es ist wichtig, dass jeder einzelne Kuss nichts ist, aber alle gemeinsam eine Einheit bilden, die etwas bedeutet. Es ist wichtig, dass kein Kuss zu drängend ist. Ich bin keiner, der irgendwen drängen würde.

Meine zehn Finger gingen dann durch ihr Haar und weiter erlaube ich mir nie zu denken. Vielleicht gingen ihre elf Finger auch durch mein Haar, vielleicht würde ich ihren elften Finger zwischen meine vorderen Zähne nehmen. Vielleicht wäre das die Entwicklung, die all dies nehmen würde.

Ich starre auf den Tisch zwischen uns, auf die Platte aus falschem Holz, auf das Bild ihrer beiden Kinder, das zersprungene Glas. Ich atme tief ein und rieche keinen Rosenkohl. Mein Blick wandert über die Tischplatte und zählt ihre Finger. Da war ein sechster kleiner Finger an ihrer rechten Hand, exakt gleich groß wie der kleine Finger daneben.

Ich blinzele. Nein, es sind nur fünf Finger an ihrer rechten Hand. Ich spüre eine einzige Schweißperle an meiner Augenbraue entlangziehen.

»Und die Medikamente?«, fragt sie mich, die Wand hinter ihr beginnt zu flackern. Grobkörnige Muster verschieben sich rund um ihren Kopf und ihr strohfarbenes Haar, das über den Ohren absteht.

»Entschuldigung«, sage ich und schüttele meinen Kopf. »Ich glaube, ich habe eine Störung. Da ist etwas, das nicht da sein sollte. Also ich sehe es, aber es sollte nicht da sein.«

»Oh«, sagt sie, und es klingt wie echtes Bedauern. »Was sehen Sie denn?«

Ich will ihr auf keinen Fall sagen, dass ich ihren elften Finger gesehen habe. Als ich darüber nachdenke, frage ich mich, ob sie nicht tatsächlich schon immer elf Finger an ihren Händen gehabt hatte. Und wenn sie schon immer elf Finger gehabt hatte, könnte sie es als Beleidigung auffassen, darauf hingewiesen zu werden. Es ist wichtig, niemals beleidigend zu sein. Es ist wichtig, niemals mit dem Finger zu zeigen. Ich bin keiner, der mit dem Finger zeigt. Mit keinem meiner zehn Finger auf keinen ihrer zehn oder elf Finger.

»Es geht schon wieder besser«, sage ich also und lächle.

»Es muss das Bluetooth sein«, antwortet sie und lächelt zurück.

So sitzen wir da und lächeln uns für einen Moment an.

Dann fragt sie mich: »Sind Sie nach wie vor zufrieden mit Ihrem Job?«

»Ich liebe ihn.«

»Denn wenn Sie sich umorientieren möchten – wir unterstützen Mobilität. Wir sehen das gerne. Wir wollen Sie gerne dazu ermutigen, meine ich.« Sie räuspert sich: »Mobil zu sein. In jeder Hinsicht.«

»Aber ich wüsste nicht einmal, in welche Richtung ich mich mobilisieren sollte.«

Sie lächelt breit, ich blinzele einmal, zweimal, dreimal. Doch das Bild bleibt, wie es ist: Hinter ihrer oberen Zahnreihe sehe ich eine zweite, kleinere Zahnreihe, die aus ihrem Gaumen wächst. Sie lächelt mich mit mindestens 48 Zähnen an. Vielleicht sind es noch mehr. Ich kneife meine Augen mit voller Anstrengung zusammen. Sie kommentiert meine Verwirrung mit keinem weiteren Wort.

Stattdessen spricht sie über ihren letzten Job, bei dem sie Social-Media-Timelines nach Aufrufen zu Gewalt durchsuchen musste. Sie erzählt von den Mustern, die sie gesammelt hatte und der Matrix, nach der sie Postings in ironische, halbironische, halbernste und sehr ernste Aufrufe unterteilte. Und ich starre an ihr vorbei an die Wand, hoffe darauf, dass ich die normale Anzahl an Zähnen sehen werde, wenn wir uns wieder ins Gesicht blicken, denke dabei an meinen letzten Job: Busse für eine besonders smarte Bus-Plattform zu fahren. Ich denke an die Nächte, in denen ich Quarkbecher mit ganzen Packungen voll Vanillezucker füllte und im kalten Schein meines Bildschirms die übersüßte, weiße Masse in mich hineinstopfte, weil ich wusste, dass ich am kommenden Tag wieder kreative Durchsagen während der Fahrt sprechen musste, weil ich wusste, dass es nicht ausreichend war, einfach nur meine Passagiere von einem Ort zum nächsten zu fahren, sondern dass ich dabei mein Unternehmen auf eine kreative und witzige Art zu präsentieren hatte.

Der Zucker half.

Was auch immer dir hilft, durch die Nacht zu kommen. Was auch immer dir hilft. Und ich bin keiner, der sich beschweren würde.

Nur Junebug hätte ich gerne etwas anderes erzählt. Ihr gegenüber hätte ich mich vielleicht beschwert. Ihr und ihren abstehenden Haaren gegenüber. Sie hätte mit doppelter Zahnreihe gelächelt und mich verstanden, denn ich hatte das Gefühl, dass sie mich verstehen würde. Aber ich bin keiner, der andere mit den eigenen Problemen belästigt. Außerdem hatte ich jetzt einen anderen Job, den ich liebte, und musste überhaupt nicht mehr an die Vergangenheit denken, in der ich gehofft hatte, ein Großteil meiner Fahrgäste würde nicht mein Alter haben, also entweder jünger oder älter sein, weil ich mich mit den Gleichaltrigen sofort vergleichen musste und dabei zumeist nicht gut abschnitt. Aber ich bin keiner, der irgendwem missgünstig ist. Bis zu diesen Wochen, in denen das riesengroße Mädchen über den Leitungen unserer Stadt den Bären bezwang, hatte ich alles unter Kontrolle gehabt.

Aber dann zog Friedrich bei mir ein.

Alles, was ich von einem Abend wie diesem erwarte, ist mein gebratenes Hack und ein oder zwei Flaschen Bier aus dem verschlossenen Keller, zu dem nur ich Zugang habe.

Und genau hier fängt das Problem an. Genau an diesem Punkt, an dem sich der Tag wendet, von Arbeitszeit zu Freizeit. Ab diesem Punkt, ab dem ich keine Aufgaben mehr habe und mir deshalb üblicherweise welche suche.

Das erste Problem dreht sich um Friedrich. Wenn Friedrich sich auch so gut wie nie bewegt, wenn ich dabei bin, weiß ich, dass er sich bewegt. Ich weiß es. Jedes Mal, wenn ich in meine Wohnung mit einst neutralem Geruch zurückkehre, sitzt er an exakt derselben Stelle, an der er bereits bei meinem Abschied gesessen hat, aber ich weiß, dass er sich bewegt, wenn ich nicht hinsehe.

Ich weiß, dass er sich in den Keller schleicht. Ich weiß nicht, woher er den Schlüssel hat, aber ich weiß, dass er hinabschleicht, um sich an meinen Bier- und Nussvorräten zu bedienen. Niemand würde es wagen, mir mein Bier zu stehlen. Niemand – bis auf Friedrich.

Manchmal frage ich mich, ob er überhaupt Genuss beim Biertrinken verspürt oder ob er nur Genuss dabei empfindet, mich zu betrügen und auszunutzen.

Er lächelt von seinem Sofaplatz aus, weil er weiß, woher ich komme. Ich habe einen großen Fehler gemacht: Ich habe ihm von Junebug erzählt. Seitdem fragt er und will nicht aufhören zu fragen.

Friedrich dreht seinen Kopf zu mir, die Haut seines Halses wirft unzählige Falten. Er sagt: »Erzähl mir von ihr.«

Er beobachtet mich.

Und ich sage: »Ich habe keine Ahnung, wovon du redest.«

Ich sage immer wieder dasselbe. Immer wieder: »Keine Ahnung, wovon du redest.«

Und dann gehe ich die Gänge ab, lausche in die Gänge hinein. Sie brauchen mich alle. Ich erinnere mich an den schicksalhaften Tag, an dem das Internet ausgefallen war. In jeder Minute kamen sie zu mir, sahen mich mit ihren ausgezehrten Augen an und hofften, dass ich richten konnte, was zu richten war, damit sie wieder vergessen konnten, dass wir hinter dem Autobahnzubringer wohnen, wo niemand jemals einen Wohnkomplex hätte bauen dürfen.

Sie kommen immer zu mir. Es ist wichtig, immer ansprechbar zu sein. Es ist wichtig, die eigenen Gefühle, die einem hier wirklich niemand absprechen möchte, nicht mit den Klienten zu teilen. Es ist wichtig, lösungsorientiert zu denken.

Ich betrete eine Wohnung und frage die blasse Bewohnerin, ob sie ihre Musik immer so laut laufen lassen müsse. Sie sagt, sie verstehe die Frage nicht. Ich weise sie auf die Beschwerden hin. Ich weise immer auf die Beschwerden hin, aber es ist wichtig, niemals die Person namentlich zu nennen, die sich beschwert hat. Es ist wichtig, die Beschwerde als einen Wunsch zu formulieren. Es ist wichtig, dankbar zu sein. Ich bin keiner, der undankbar auftritt.

Sie sagt, die Musik könne niemals zu laut sein. Sie könne die Musik kaum noch hören.

»Mir ist es gar nicht wichtig, der Musik zuzuhören. Wichtig ist nur, dass sie läuft.«

»Warum?«, frage ich.

»Ich brauche ihn«, sagt sie. »Ich brauche den Soundtrack meines Lebens.«

Sie verspricht mir, auf die Lautstärke zu achten.

Mein Phone vibriert und meine Achtsamkeits-App fragt mich, wofür ich heute dankbar bin. Ich antworte nicht.

Ich spreche in das Mikrofon in meinem Büro, und sie alle hören meine Stimme über den Lautsprecher in ihren Wohnungen. Ich spreche langsam und fordere sie auf, sich zu gedulden. Alle Schwierigkeiten mit der Gegensprechanlage würden schon bald vorüber sein. Alle Schwierigkeiten, sage ich und wiederhole die beiden Worte in meinem Kopf, während meine Augen zufallen: Alle Schwierigkeiten. Alle Schwierigkeiten. Alle Schwierigkeiten. Denn ich bin keiner, der während der Arbeit schläft.

Ich betrete den Innenhof, die Blätter der Begrünung wirken im kalten Gegenlicht der blauen Stunde beinahe transparent. Die automatischen Lichter der Aufgänge sind das Himmelsgestirn unserer abgeschlossenen Welt, denke ich, während ich die quer über die Rasenfläche verstreuten Elektroroller aufsammele.

Manchmal werde ich ärgerlich, wenn ich so etwas sehe. Aber nur manchmal. Denn ich weiß, was es bedeutet, hier zu leben, wo jede Wohnung exakt dieselbe Größe hat, wo sich all diejenigen einen Block teilen, die jedes Amt dieser Stadt schon lange vergessen hat. Der Block der Unsichtbaren. Jedes Apartment mit W-LAN und zwei Supermärkte in Laufreichweite sorgen dafür, dass niemand diesen Block verlässt. Es ist alles hier und alle bleiben hier. Sie haben eine Welt am Ende der Buslinie errichtet, in der rauschende Feste auf den stabilen Bänken aus rostfreiem Stahl gefeiert werden, die auf den riesigen Innenhöfen stehen, wo die sumpfige Wiese hinter dem Parkplatz dein Ehebett wird, die Unterführung dein Richtplatz, der grelle Laubengang dein Marktplatz der Ideen. Die Bewohner deiner Welt schreien in Sommernächten, wenn alle Fenster offenstehen und niemand sagen kann, woher die Musik kommt, und die Schatten unter ihren Augen wachsen im elektrischen Licht und sie schwitzen, wenn sie ihre halbnackten Körper unter den Augen aller Fenster, bis hoch in den elften Stock, trainieren, wenn die Sommer über der Stadt wüten. Die neuen Hologramme am Himmel werden zum Ereignis und wir alle sprechen über dieselben Retro-Serien, die wir streamen, über dieselben Lachkonserven aus Jahrzehnten, die wir nie kennenlernen durften, in denen es noch Arbeit für solche wie uns gab, über die YouTube-Kanäle, die wir entdecken, über die tausend und noch einmal tausend Fährten, die in Retro-Internet-Foren für uns ausgelegt wurden und denen wir nur Nacht für Nacht folgen müssten, um endlich herauszufinden, warum wir hier sind und genau 40 Quadratmeter bewohnen und unsere direkten Nachbarn hören können, wenn sie streiten und ficken und Vaporwave hören.

Das ist mein Block. Das ist meine Welt, und wenn einer nachts zu laut schreit, dann tut er es nicht lange. Und wenn einer den Hausrat aus dem Fenster wirft, dann weiß er, was als Nächstes geschehen wird. Doch ich bin keiner, der einer Mietpartei in diesem Block jemals das Recht abgesprochen hätte, hier zu sein.

Bis Friedrich erschien.

»Sag mir«, sagt Friedrich die Kröte und leckt mit seiner schmalen, langen Zunge die Mundwinkel entlang, »sag mir, was du gerne mit ihr anstellen würdest. Sag es mir. Du willst es mir doch sagen.«

Warum nur habe ich ihm von ihr erzählt? Niemals hätte ich ihm von Junebug erzählen dürfen. Niemals nie. Ich bin doch keiner, der seine Träume ausspricht, bin doch keiner, der seinen Mitmenschen damit auf die Nerven geht. Habe ich ihm davon erzählt?

Hat er meinen Gesichtsausdruck richtig gedeutet? Er hebt beschwichtigend die Hände und grinst: »Ist doch nur ein kleiner Joke. Nichts weiter als ein kleiner Joke. Lass kein Feuer und keinen Schwefel von den Himmeln regnen! Lass mich nicht den Tod des Volks Edom sterben. Gib mich nicht zur Schlachtung frei!«

Und er lacht und lacht, während auf dem Bildschirm vor uns der Kreis immer weiterläuft, das Video buffert und buffert, das ich schon gar nicht mehr sehen will, weil er mich aus dem Gleichgewicht gebracht hat.

Ich brauche doch auch mal eine kleine Auszeit, eine kleine Beruhigung, während ich versuche, die zweite Zahnreihe und den elften Finger zu vergessen. Ich liebe diesen Job, ich folge den Prinzipien, alle kennen mich hier, sie respektieren mich. Ich werde in wenigen Wochen eine Verlängerung meines befristeten Arbeitsverhältnisses angeboten bekommen und weiterhin der Einzige sein, dessen Tag zu einem festen Zeitpunkt beginnt, der immer da ist, für alle da, für die Jungs mit den Dinosauriermasken und für die Alten mit ihren Rollatoren und sogar für die Frauen mit den Skyscraper-Frisuren, die ihre Zigaretten von den Laubengängen werfen, während sie darauf warten, dass sich das Hologramm verändert.

Das Video hat geladen, doch ich sehe nicht, was ich sehen wollte. Ich wollte meine Augen langsam zu uralten Dragonball-Videos schließen. Stattdessen sehe ich eine Gruppe Gestalten in einer Unterführung im Schein einer Leuchtstoffröhre stehen. Ihre Köpfe sind verpixelt, und sie halten vor sich ein Transparent mit der Aufschrift »Do you like scary movies?«. Ich blinzele und frage mich, ob es sich lediglich um eine Werbeanzeige handelt.

Dann sehe ich die nächste Szene: Vielleicht dieselbe Gruppe, vielleicht eine andere schlägt Räder an einer U-Bahn-Station, läutet die Glöckchen an ihren Schuhen, schlägt Räder und den einsamen Mann mit Anzug, Rucksack und Kopfhörern, der sie nur für die nächste Gruppe von Spinnern gehalten hat.

Was habe ich gerade gesehen?

Ich sehe noch zwei weitere Videos, bis endlich mein Video lädt. Ich sehe Werbevideos für Pilzcremes und frage mich, welches Jahr die sonnenbeschienene Straße meint, in der die jungen Männer lachend von ihrem vergangenen Juckreiz erzählen, während ein blecherner Beat im Hintergrund läuft. Ich sehe endlose Strände und höre eine sanfte Stimme, die von der Sonne spricht, aber ich verstehe kein Wort mehr davon.

Eigentlich würde jetzt die Ruhe kommen. Der Moment, in dem ich aufhöre zu denken. Aber Friedrich sitzt neben mir, und ich habe das Gefühl, er wartet nur darauf, dass ich mich entspanne. Du willst doch. Willst du nicht? Seit Tagen immer dieselben Fragen, er lässt nicht locker, ohne Unterlass. Abend für Abend, er neben mir auf der Couch, und keine Tür, die ich zwischen uns verschließen könnte.

Als wären die Untermieter nicht schon schlimm genug, die über die Dielen huschen, ihre acht Beine in einer unablässigen hektischen Bewegung. Ich nenne sie die Untermieter und fürchte sie, fange sie mit meinen Weingläsern, die ich seit Monaten im Küchenschrank stehen habe, obwohl ich keinen Wein trinke, muss sie einfangen und traue mich dann nicht, sie zu töten, überlasse den Mord der vergehenden Zeit, lasse sie in der Glaskuppel verkümmern und bemühe mich, sie nicht anzusehen, wenn ich morgens an ihnen vorbeigehe.

Junebug sagte mir einmal, der Block sei an der falschen Stelle am Rand der Stadt erbaut worden, mitten hinein in ein Gebiet, in dem die Untermieter in Zahlen brüten, die kein normaler Mensch mehr versteht.

If you're watching this video in this decade, I want you to know: I love you and you're not alone.

Was habe ich gerade gesehen?

Im fünften Stock (siebte Tür) wohnt eine Bloggerin. Sie fragt mich, ob sie ein Bild von mir im Laubengang machen kann. Sie dokumentiert auf ihrem Blog alle Geschichten der Menschen, die diesen Block bewohnen. Jedes Mal schiebt sie die Bügel ihrer Brille langsam über ihr Haar, niemals darunter. Unter ihren Gläsern lacht sie und jeder Muskel ihres Gesichts lacht mit ihr, aber ich habe keine Ahnung, welche Mimik ich aufsetzen soll. Ich blicke ernst, blicke direkt in das Auge ihres Phones.

Ich inspiziere den Fleck an ihrer Decke, der sich weiter ausbreitet. Langsam wandert er von der Ecke gen Zentrum, wo ein Lampion sanftes Licht spendet.

»Warum zeichnen Sie die Geschichten auf?«, frage ich sie, während wir beide an die Decke starren, unschlüssig über unsere nächsten Schritte.

»Weil dies hier meine Heimat ist«, sagt sie und lächelt wie die offene Tür eines Ladens für unbekannte Waren. »Es ist doch auch Ihre Heimat. Das hier gehört uns.«

Meine Augen weichen nicht von dem Fleck an ihrer Decke, den ich zu ergründen suche, um ihr den bestmöglichen Service zu bieten: »Sie sind vielleicht die Einzige, die das so sagt.«

Und sie sagt: »Ja, wir haben verloren. Deshalb sind wir hier. Aber verloren zu haben bedeutet gleichzeitig frei zu sein. Wir müssen den Kampf dort draußen nicht mehr kämpfen. Wir müssen es nicht mehr dort draußen schaffen. Wir können uns ein ganz anderes Thema suchen.«

Für einen Moment vergesse ich, wer ich hier bin. Dass ich der

Saubermann bin und ein Repräsentant eines Unternehmens, das meine Fähigkeiten immer wieder aufs Neue evaluiert, dass ich keiner bin, der seine Sorgen mit auf die Arbeit nimmt.

Ich sage: »Aber wir wurden hierhin geschickt. Wir haben uns das nicht ausgesucht.«

Und sie sagt: »Vielleicht versuchen Sie, diesen Ort nicht wie einen Übergang zu sehen. Versuchen Sie stattdessen, ihn als Heimat zu sehen. Der Ort, an dem wir bleiben, ist unser Ort. Je schneller wir uns eingestehen, dass wir den Kampf, der uns auferlegt wurde, verloren haben, desto schneller können wir den Kampf, für den wir uns entscheiden, führen.«

Ich blinzele und frage mich, wie die Feuchtigkeit an die Decke kommt.

Ich versuche, nicht an Friedrich zu denken, der in meiner Wohnung auf mich wartet. Es ändert sich nichts. Er wartet, ich komme.

Ich höre der Stimme der Bloggerin zu, die mir von den Geschichten erzählt, die sie sammelt. Von den Tanzgruppen, die sich in den hellen Kreisen im Innenhof treffen: Jungen und Mädchen in zwei langen Reihen. Abwechselnd tritt eine und einer nach vorne, wählen ihre Partner stumm, nur mit einer Bewegung der Hand und einem ernsten Nicken. Und dann tanzen sie, als gäbe es eine Zukunft. Dann tanzen sie, als hätte jedes einzelne dieser Rituale eine Bedeutung. Jede Donnerstagnacht kommen sie zusammen, ihre Eltern haben schon lange damit aufgehört, sie aus den Fenstern der höhergelegenen Wohnungen zu betrachten, und gönnen ihnen die geräuschlose Zärtlichkeit.

Ich frage sie, ob sie all das aufbewahren wolle. Für wen? Für eine Nachwelt? Für eine Öffentlichkeit? Da lacht sie und schüttelt den Kopf. Nichts werde aufbewahrt, nichts werde erinnert und nichts sei trauriger als eine vergessene Website, um die sich niemand mehr kümmere.

»Erinnern Sie sich an die Zeit, in der Hinterbliebene Websites für verunglückte Verwandte eingerichtet haben? Es muss eine Zeitspanne von vielleicht zehn Jahren gewesen sein, in denen das Netz voll war von diesen Seiten. Aber irgendwann hört jeder auf, diese Seiten zu pflegen und sie verwaisen, werden zu kleinen, traurigen Digitalmonumenten.«

Sie sagt: »Ich mache das alles nur für mich. Um meine eigene Einstellung zu meinem Ort zu verändern, dem Ort, an dem ich stehe. Und zu mir, die dort an diesem Ort steht: Wenn jede dieser Geschichten aufbewahrenswert und aufschreibenswert ist, dann ist es auch meine eigene. Wenn alle interessante Menschen sind, dann bin ich es auch. Wenn alle es verdient haben, getröstet zu werden, habe ich es auch verdient. Wenn wir alle gescheitert sind, dann ist es kein Scheitern mehr. Wenn wir alle hierhin aussortiert wurden und trotzdem gut sind, ist es besser, dass wir beieinander sind. Wenn wir alle in Ordnung sind, dann kann es nur besser werden.«

Ich wollte etwas Nichtssagendes darauf antworten, doch mir fiel nichts ein. Über uns wuchs die Feuchtigkeit.

Alles, was ich verlangte, war, dass sich alle an die Regeln hielten. Nur Friedrich hielt sich nicht an die Regeln.

In der ersten Woche trage ich ihm noch auf, einkaufen zu gehen, nicht ständig mein Bier aus dem Keller zu nehmen, das Bad zu putzen. Ich frage ihn auch, wann er ausziehen wird, ob er sich bereits auf eine neue Wohnung beworben hat, frage ihn sogar, ob ich ihm helfen soll, sage mir selbst, dass ich hartnäckig bleiben muss, dass ich keiner bin, der sich von alten Freunden ausnutzen lässt, nur weil sie ihr Gesicht so verziehen können, dass es aussieht, als begännen sie gleich zu weinen, während ihre Stimme höher wird und sich auf eine Weise dehnt, die ich vorher noch nie gehört habe.

Erzähl mir von ihr. Es begann einmal als Witz.

Es ändert sich nichts. Er wartet, ich komme.

Ich gehöre nicht hierher. Ich würde den Worten der Bloggerin gern vertrauen, aber ich denke, dass ich nicht hierhergehöre. Ich sollte nicht zwischen Betonsäulen auf den Nistplätzen der Untermieter wandern, die sich jeden Tag neue Wege suchen, um unsere Wohnungen zu betreten. Ich hätte mir mehr Mühe geben sollen, die Gäste unserer Reisebusse mit kreativen und witzigen, manchmal auch frechen Ansagen zu unterhalten. Ich hätte nicht vergessen dürfen, auf das kostenlose W-LAN hinzuweisen.

Die Bewohner meines Blocks werden immer dann nervös, wenn das W-LAN ausfällt. Sonst fragen sie mich: »Herr Saubermann, warum bist du immer auf Achse? Herr Saubermann, warum machst du nicht mal ein bisschen langsamer? Herr Saubermann, setz dich doch eine Runde zu uns. Nichts läuft dir weg. Die Arbeit ist auch nachher noch da.«

Doch wenn das W-LAN ausfällt, verlassen sie schnell ihre Zimmer, strömen hinaus auf die Laubengänge, auf der Suche nach mir, damit ich die Kabel und Anschlüsse überprüfe.

Manchmal wünsche ich mir, niemand könnte mich sehen. Das sei eine Phase, eine schwierige Phase, vielleicht die schwierigste. Ich werde nicht hierbleiben. Ich will kämpfen. Das würde ich Junebug gern sagen, doch wenn ich zum Termin bei ihr komme, fällt mir es nicht ein.

Und Friedrich ruft mir von der Couch aus zu: »Wie geht es uns heute? Ist die Welt weiterhin wohl aufgeteilt?« Es klingt manchmal fast so, als wäre er besorgt, auf seine Art. Ich verstehe sein Gesicht nicht, ich sehe nur seine Zunge, wie sie über die Lippen fährt, höre sein Lachen und muss tiefer atmen. Dabei möchte ich nur nach Hause kommen, aus meinem geheimen Keller ein oder zwei Bierflaschen holen und dort auf der Stelle, auf der ich immer sitze, in eine einfach gezeichnete Welt eintauchen. Er aber fragt mich nach Junebug, lässt nicht locker, fragt immer aufs Neue nach ihr und nach den Dingen, die ich ihm nicht sagen möchte. Friedrich bleibt beharrlich. Er nähert sich dem Thema auf Umwegen, auf allen möglichen Wegen.

Ich blinzele und schaue in ihr Gesicht. Junebug lächelt mich an.

»Wie bitte?«

»Ich habe Sie gefragt, was Sie gerne verbessern würden.«

Sie lächelt und lächelt. Ich habe sie noch nie nicht lächeln gesehen, außer wenn sie etwas an ihrem Rechner nachsehen muss. Dann bildet sich eine schmale Falte direkt über ihren Augen in der Mitte. Vielleicht etwas näher am rechten Auge, aus dem jetzt etwas Zähflüssiges langsam nach unten tropft.

»Vielleicht«, beginne ich und stelle fest, wie krächzend meine Stimme klingt, »vielleicht könnten wir heute die Sitzung ohne Brille abhalten? Dieses eine Mal?«

Junebug lächelt und das Licht der Leuchtstoffröhren an der Decke spiegelt sich in der dunkelglänzenden Spur, die sich über ihre Wange nach unten zieht, wo ein öliger Tropfen unendlich langsam über ihre Haut gewandert ist. Ich habe keine Ahnung, was für eine Flüssigkeit da aus ihrem Auge kommt. Ich will es auch gar nicht wissen.

»Ich hätte gerne …«, beginne ich.

Die Flüssigkeit verklumpt ihre Wimpern, aber Junebug lächelt mir trotzdem aufmunternd zu.

»Ja?«

»Ich möchte gerne …«

Sie nickt und nickt und hört nicht auf zu nicken.

»Ich möchte mich gerne entschuldigen«, presse ich heraus. »Ich kann das besser. Ich hätte auch die Ansagen besser gemacht.

Ich kann das besser, wirklich. Geben Sie mir noch diese eine Chance!«

Ich starre auf den Boden, weil ich den Anblick ihrer Augen nicht mehr ertrage. Das Plastik der Brille drückt von oben auf meine Ohren. Ich werde wieder Kopfschmerzen bekommen.

Ich blinzele und die Tür fällt hinter mir ins Schloss. Meine Hand hält das abgepackte Hack und Friedrich wartet schon. Das Licht des Bildschirms zeichnet tiefe Schatten in sein Gesicht, die Falten wandern über seinen Schädel. Ich weiß nicht, ob Friedrich schläft oder ob er überhaupt schlafen kann. Nachts sehe ich das Flackern des Bildschirms, sehe die ganze Nacht die Reflexion der stummgeschalteten Bilder, denen er mit seinem Blick folgt. Und wenn ich zum Badezimmer gehe, sitzt er da und schaut mich an, ohne etwas zu sagen, und lächelt.

Dann liege ich wieder im Bett, und Friedrich steht über mich gebeugt da.

»Was hast du geträumt?«

»Was?«, frage ich und verstehe nichts.

»Du hast gerufen im Schlaf. Du hast etwas von Spinnen in deinem Bett gerufen.«

»Ich erinnere mich nicht.«

Denn ich bin keiner, der sich an seine Träume erinnert. Ich bin auch keiner, der andere nach ihren Träumen fragt. Ich bin keiner, der sich überhaupt für Träume interessiert.

Friedrich sagt: »Du musst dich nicht fürchten vor böser Kunde. Sie werden nicht zur Hälfte bringen ihre Tage. Mach dir keine Sorgen.« Er sagt das mit einem Nachdruck, den ich in dieser Nacht noch nicht verstehe.

Später verstehe ich. Während ich nachts schwankend ins Badezimmer gehe, sehe ich im kleinen Wohnzimmer, wie Friedrich im Schein des stummgeschalteten Bildschirms auf dem Boden kauert und seinen Kopf ganz flach auf den Boden gelegt hat. Behutsam hebt er die Weingläser an, mit denen ich die Untermieter gefangen halte, deren Bewegungen ermattet und langsam geworden sind. Sie sind leichte Beute für seine lange Zunge. Jeden Einzelnen fängt er ein, umschlingt ihre haarigen Leiber mit seiner rauen und viel zu langen Zunge und zieht sie in seinen tiefen Schlund.

In dieser Nacht brauche ich wesentlich länger im Badezimmer.

Am Morgen noch höre ich seine Stimme: Sag mir, was träumst du von ihr? Aber ich denke nicht an sie, ich denke an das Hack, das ich noch in den Kühlschrank packen muss.

Doch in meinem Kopf spricht er quäkend: Sag mir, was träumst du von ihr? Was träumst du von Junebug? Glaubst du, dass deine Gedanken allesamt unter den Sammelbegriff des Träumens fallen? Glaubst du, dass alle Träume unschuldig sind? Glaubst du, dass auch die Träume von den verbotenen Orten ihres Körpers unschuldig sein können? Davon träumst du doch, nicht wahr? Glaubst du, sie träumt dasselbe? Glaubst du, sie träumt von deinem Körper?

Körper sind träge. Mein Körper ist träge. Ich wollte Friedrich schon nach einer Woche rauswerfen. Ich bin keiner, der Freunde einfach so treiben lässt, wenn sie den festen Boden unter den Füßen verloren haben. Ich bin einer, der auch mal fordert. Ich bin einer, der die Leute auch mal ins kalte Wasser stößt. Aber er ist noch hier. Niemand kommt zu mir. Ich lasse niemanden zu mir. Wir bilden ein Paar. Friedrich ist nicht mein Gast, nicht mein Besuch, sondern mein Partner. Es dämmert mir an manchem Morgen. Körper sind träge, sie geraten nur durch Kraft in Bewegung.

Der du gingst durch Irrnis und Wirrnis, dir soll fortan nichts mehr mangeln. Setz dich hin auf die kühle Wiese und trink dein Bier.

Er serviert mir mein Bier aus meinem Keller, und ich weiß

immer noch nicht, wie er Zugang erhalten hat. Ich liege wach und lausche auf seine Schritte, aber ich schlafe ein, bevor er hinabsteigt. Er wartet auf der Couch, und ich bringe das abgepackte Hack, stehe in der Wohnungstür, hinter mir erhebt sich das Hologramm des Bären kilometerweit in den Himmel der Nacht, erhebt sich über die stummen Tanzzeremonien der Langzeitarbeitslosen in unserem Block, die sich zwischen Beton und Beton versammeln, erhebt sich über den DIY-Dreh eines Musikvideos mit einem pickligen Jungen und drei dürren Mädchen, die zu viert in der Unterführung stehen und davon singen, dass sie das machen, wovon alle träumen.

Wenn sie mir nur sagen könnten, was das ist.

Ich denke: Wenn ich diese Frage beantworten könnte, wäre ich bereit dafür, Junebug endlich etwas zu sagen, das ich wirklich empfinde. Hinaus in die Stadt, in der ich seit Monaten nicht mehr war. Wir sind abgeschnitten von allem, und vielleicht ist das besser so, denn hier kennt man mich. Hier weiß man, wer der Saubermann ist und dass man ihn besser respektiert.

Do you like scary movies?

Was habe ich gerade gesehen?

»Aber wer wollen Sie sein?«, fragt mich Junebug, und ich öffne meine Augen wieder. »Das ist doch die Frage, die wir uns alle stellen. Und wenn Sie diese Frage für sich beantwortet haben, dann können Sie wirklich angreifen.« Sie klatscht in die Hände.

Ich habe Angst vor plötzlichen Bewegungen ihres Körpers, merke ich. Ich habe Angst, dass ihr Körper nicht so bleibt, wie er bei meinem Eintreten war.

Friedrich spricht mit mir: Du denkst daran. Du denkst pausenlos daran.

»Wer wollen Sie sein?«, fragt Junebug und schaut mich so aufrichtig erwartungsvoll an, dass es wehtut.

Ich lächle und gebe mir Mühe, doch der einzige Satz, an den ich denken kann, ist: Ich bin der Saubermann. Alle kennen mich und wissen, wo sie mich finden.

Junebug beugt ihren Oberkörper nach hinten, streckt sich. Sie wird müde sein, denke ich. Wie viele Klienten kamen vor mir? Wie vielen von ihnen hat sie heute bereits aufrichtig zugelächelt? Was bedeutet ein Lächeln, wenn es einstudiert ist? Und hat sie andere lieber als mich aufgemuntert? Andere ohne langfristige Beschäftigungsperspektive? Ich möchte nicht daran denken. Ich denke weiterhin, dass sie müde ist. Sie darf sich strecken, weil sie müde ist. Sie streckt sich. Dann streckt sie sich weiter, erst ein kleines Stück und dann immer weiter und weiter und weiter.

Ich blinzle und blinzle noch einmal, aber ihr Körper hört nicht auf sich zu beugen, er bildet eine unnatürliche Kurve, bis mich ihr Kopf unter ihrem rechten Arm anlächelt.

»Stellen Sie sich diese Frage doch mal ernsthaft. Nehmen Sie sich die Zeit, sich diese Frage ernsthaft zu stellen. Ich verspreche Ihnen, es wird Sie weiterbringen!«

Ich liebe ihr Lächeln. Ihr Mund versteht mich und will nur das Beste für meine Zukunft. Für diesen Mund würde ich wieder in den Reisebus steigen und mir jeden Tag neue Ansagen ausdenken, für die ich mich noch Jahre später schämen sollte.

Auf dem Weg nach Hause, auf dem Weg zurück in unseren Block sehe ich Friedrich vor mir, wie er zufrieden nickt. Er hat es mir ja gesagt. Er hat es mir ja gleich gesagt. Nein, er hat es mir eingeflüstert. Warum nur habe ich ihn in meine Wohnung gelassen? Es begann als Witz, nach dem vierten Bier, in einer helleren, lauteren Nacht, in der die Beschwerden im Stundentakt eingingen und der ganze Block wie aufgelöst erschien, weil die Lieferungen der Woche nicht eingetroffen waren. Sein Mund viel zu nah an meinem Ohr, sein Mund, der eine Zunge verbarg, die viel zu lang und viel zu klebrig ist. Es begann einmal als Witz nach dem vierten Bier. Erzähl mir von ihr. Komm schon. Komm schon! Es begann einmal als Witz. Einmal, vor tausend Jahren, als wir noch lebten in dem Heiligen Land. Wir Unverbannten. Erzähl mir von ihr. Als er mich fragte, ob ich für ein paar Tage einen Platz für ihn hätte – was hätte ich denn da antworten sollen?

Are you out there? If you are reading this: I love you and you are not alone. You are worthy. You are something. You are someone.

Was habe ich gerade gesehen?

Ich komme immer wieder zurück. Ich habe mich gar nicht bewegt. Ich stehe vor der Tür, halte das abgepackte Hack in der Hand. Und drinnen: die Kröte, Friedrich die Kröte. Hier leben wir zusammen.

Wir leben an einem eigenartigen Ort. Unser Leben wird bestimmt durch das Zusammenspiel verschiedener Verordnungen, die die Zuweisung von Wohnraum betreffen. Wir leben weitab von der Stadt, so weitab, dass man von einem ganz anderen Ort sprechen könnte. Niemand von uns wäre freiwillig an einen ganz anderen Ort gezogen. Wir wollten in der Stadt bleiben, jeder und jede von uns. Nur ist die Stadt ja eigentlich nie die Stadt. Wenn man hindurchfährt, wird immer irgendetwas umgebaut. Andauernd steht einem eine Baustelle im Weg. Die Stadt ist nie fertig. Die Stadt wird immer erst die Stadt sein. Die Stadt liegt immer in der Zukunft. Sie wird nie fertig und Lieferdrohnen fliegen über die Gerüste, über den Plattenbau, über den Waschbeton.

Anders als die Bewohner meines Blocks. Ich lese ein paar Tage später den Blogbeitrag über mich, den Saubermann. Ich lese mein eigenes Schicksal im Netz, schaue in mein eigenes hochauflösendes, mit einem kostenlosen Bildbearbeitungsprogramm nachbearbeitetes Porträt und finde mich schön. Es ist eine fertige Schönheit, die ich besitze, eine ewige Schönheit. Vielleicht gehöre ich hierhin. Vielleicht kann ich hier schön sein und schön bleiben, muss nicht mehr umgebaut werden. Denn niemand hier wird ernsthaft mehr umgebaut. Wir bleiben so und jede Instandhaltung, jede Veränderung geschieht nur noch, wenn wir das unbedingt wollen. Die Aussortierten sind die Befreiten. Wir sind unbeachtet, unsichtbar geworden. Wir wohnen am Ende der Autobuslinie. Sie und ich. Keiner von ihnen wird jemals wiedereingestellt werden, und ich weile unter ihnen. Ich bin ihr Saubermann und sorge dafür, dass das W-LAN funktioniert, das Wasser warm bleibt und die Nachtruhe eingehalten wird. Sie sind überflüssig, und ich passe auf. Das könnte das Ende einer schönen Geschichte sein.

Aber Friedrich ist immer noch da. Meine Wohnung riecht immer noch nach Rosenkohl. Meine Hand umklammert das Hack so fest, dass meine Fingerknöchel weiß hervortreten. Das Hack. Das Hack ist noch ewig haltbar. Etwas an dieser Erkenntnis beflügelt meine Gedanken. Es ist keine Frage der Anstrengung, sondern eine der Geduld. Weil das Hack noch haltbar ist. Am Himmel über unserem Block am Ende der Autobuslinie wird ein ewiger Kampf ausgetragen, aber ich weiß meinen Kampf in dieser Nacht zu beenden. All die Elemente, die ich benötige, liegen vor mir. Ein Schritt nach dem anderen.

Also trete ich endlich ein, trage das Hack in die Küche und ignoriere seine bohrenden Fragen, öffne und verschließe den Kühlschrank. Bald werde ich keinen Rosenkohl mehr riechen. Darauf freue ich mich am meisten.

Ich warte. Ich beobachte seine spärlichen Bewegungen und erwähne ein paarmal vorsichtig den Keller. Ich weiß, dass er mich dort bestiehlt, dass er bald wieder dort hinabsteigen wird. Ich will, dass er sich heute Nacht in den Keller schleicht.

Ich esse schweigend und studiere meinen Teller. Friedrich isst schweigend und studiert mich. Doch heute kümmert es mich nicht. Eine Frage der Geduld.

Nachts stelle ich mich schlafend, warte auf seine Schritte und denke nicht mehr an die unhörbaren Schritte der Untermieter. Ich kann warten. Ich bin wach. Ich bin immer noch hier. Ich höre ihn und versuche, ruhig zu bleiben. Friedrich steht auf und schleppt sich Richtung Wohnungstür. Sie fällt nicht ins Schloss.

Ich warte noch drei Sekunden, dann erhebe ich mich, bin erstaunt über meine Lautlosigkeit und folge ihm barfuß hinaus in den Laubengang, stelle fest, dass sich mein Gesicht zu einem Grinsen verzieht, als ich feststelle, dass er nicht über die Schulter blickt. Fast beginne ich zu kichern, so sehr freue ich mich darüber. Immer weiter den Gang entlang, zum Treppenhaus und er schaut immer noch nicht zurück. Er sieht mich nicht, und ich gebe kein Geräusch von mir. Ich bin der Saubermann, ich bleibe der Saubermann, ich verrichte meine Arbeit, wenn niemand zusieht. Ein Schritt nach dem anderen. Gürte deine Lenden mit Aufrichtigkeit. Gürte deine Lenden wie einer, der nicht mehr sucht, sondern gefunden hat. Wie einer, der schon einmal mit seinem rechten Eckzahn den Unterleib einer Spinne zerbissen hat.

Dann sind wir im Keller und dort steht er vor mir: im Lichtschein des verbotenen Kellers, im Rahmen der Sicherheitstür, die mein Bier bewacht.

Was dann passiert, tut mir später ein wenig leid.

Mit meinem gesamten Gewicht werfe ich mich Friedrich ins Kreuz und er stürzt nach vorne, gibt dabei einen Laut von sich, der mich an das verängstigte Quieken einer Maus erinnert und lässt den Schlüssel fallen. Bevor er sich aufrappeln kann, reiße ich den Schlüssel an mich, schlage die Tür hinter ihm zu und verschließe sie mit zitternden Fingern.

In den ersten Tagen steige ich noch manchmal hinab, setze mich neben die schwere Tür und lausche seinem Klopfen und seinen Beteuerungen, sich zu ändern, sich wirklich zu ändern. Dann lasse ich es sein, warte stattdessen auf meinen nächsten Termin, um Junebug zum Essen einzuladen.

SO KLAGTE DER KING

Fight oder Flight! Fight oder Flight, ihr Hundesöhne! Das hat mein Vater immer gesagt: Wir sind gepolt darauf: Fight oder Flight, Kampf oder Flucht. Es gibt nichts dazwischen, und wenn ihr mich jetzt hier seht, dann wisst ihr, wofür ich mich entschieden habe.

Nein, so funktioniert das nicht. Okay, noch einmal von vorne.

One, two, three ...

Herzlich willkommen zur letzten Folge von »Der King erklärt«. Ich stehe hier vor euch, wie an jedem ersten Samstag. Ihr seht die Perücke. Ihr seht den Anzug. Ihr seht die Sonnenbrille und ihr alle freut euch darauf, dass ich euch die Show biete, die ihr verdient, weil ihr mich nie enttäuscht habt in all den Jahren als meine Follower, dass ich gleich ansetze mit *We're caught in a trap. I can't walk out!* oder *One for the Money, two for the Show!* und ihr hättet es verdient, aber das hier ist die letzte Folge und ich bin so richtig *at the End of Lonely Street, at Heartbreak Hotel.* Das ist die letzte Folge. Es wird keine mehr danach geben.

Ich weiß nicht so richtig, was ich euch sagen soll. Vor einer Stunde wollte ich mich durch mein Video-Archiv klicken und nachschauen, wie viele Folgen ich mittlerweile aufgenommen habe, aber ich konnte nicht. Ich habe es nicht fertiggebracht. Wegen der Zeit, Leute, der Zeit.

Und dann muss man sich entscheiden: Fight oder Flight. Fight oder Flight.

Ihr habt mich immer verstanden. Manchmal würde ich euch gerne mit auf meine Seite des Schirms nehmen und euch den Raum zeigen, in dem ich stehe. Ich habe mir viel Mühe gegeben mit dem Licht, das war mir immer wichtig. Ich kann mir die Videos nicht mehr ansehen, in denen das Licht so billig aussieht. Aber Tatsache: Es ist mein Keller und hier links ist eine Tür und dahinter stehen ein Wäscheständer und mein Pfand, den ich noch nicht zurückgebracht habe.

Ja, auch der King hat einen Keller. Auch der King hat Altglas und Kochwäsche. Das hier kommt direkt aus dem Keller des Kings.

Ihr versteht mich. Ich könnte euch in den Comments treffen und wir würden uns wirklich begegnen. Das habe ich immer gedacht: dass wir uns dort wirklich begegnet sind. Ich liebe das, auch wenn es hier etwas tiefsinniger zugeht, wie in der Folge »Der King erklärt die Moralphilosophie«.

Ich habe einmal gehört: Wenn es dem Ende entgegengeht, merkt man, was die wichtigen Dinge sind und man redet nur noch über die. Aber das hier ist die letzte Folge von »Der King erklärt« und ich will über so viel mit euch sprechen und habe keine Zeit dafür. Versteht ihr? Keine Zeit mehr!

Aber ich muss euch erklären, warum es keine weiteren Folgen mehr geben wird. Das hier ist die letzte. *We can't go on together.*

Sorry, ich habe auch schon mal besser gesungen hier auf diesem Kanal.

Egal, Fight oder Flight. Ich muss mich stellen. Ich muss es euch erklären, denn ich weiß nicht wohin. Hättet ihr einmal gedacht, dass wir hier landen würden?

Es hat mit der Zeit zu tun, Leute: der Zeit! Ich habe herausgefunden, dass etwas mit der Zeit nicht stimmt, ganz grundsätzlich nicht stimmt. Und als ich das herausgefunden habe, da habe ich meiner Tochter gesagt: Es müsste eine Stelle geben, ein Büro, bei dem man all die Klagen einreichen kann, für die kein Gericht zuständig ist und für die es kein Gesetz gibt, die aber trotzdem wichtig sind. Ich habe gesagt: Es wäre wichtig, dass es da eine Stelle gibt, eine offizielle Institution mit einem Beamten meinetwegen, der sich die Klage anhört und dir dann sagt, dass du recht hast, der dir offiziell recht gibt. Es geht gar nicht darum, dafür entschädigt zu werden. Es müsste nur einer sagen: Das ist nicht in Ordnung, diese Klage ist gerechtfertigt. Ich bräuchte nicht einmal ein Dokument mit Stempel. Es könnte auch eine Plattform sein, auf der man dann seine Beschwerde in eine Maske eingibt. Die Form wäre mir vollkommen egal. Aber sie müsste offiziell sein. Ja, mir würde das helfen, aber meine Tochter hat das nicht verstanden und ich konnte es nicht erklären.

Vielleicht seid ihr jetzt verwirrt, von meiner Tochter zu hören. Ja, ich habe eine Tochter. Ich glaube, das habe ich hier noch nie erwähnt. Es ging ja selten um mein Privatleben. Meistens habe ich ja einfach nur Dinge erklärt. Meine Tochter – manchmal, da versteht sie mich nicht, und sie hat auch die Idee mit der Behörde nicht verstanden.

Auf die Idee war ich ja überhaupt erst gekommen, weil ich das mit der Zeit herausgefunden habe. Ja, was eigentlich? Ich will es versuchen zu erklären. Darum ging es in diesem Channel einmal. Das Konzept ist nicht unbedingt neu, aber das war das Schöne am Internet: Es musste nicht immer alles neu sein. Manchmal musste es nur neu aussehen. Und der King, der euch erklärte, wie ihr Lachs bratet oder eure Heizung entlüftet, das sah neu aus. So richtig *learn how to steal, learn how to fight – in the ghetto.*

Es fiel mir auf, als ich eine Glühbirne wechseln wollte. Manchmal ist es so einfach. Eine Glühbirne in meinem Schlafzimmer. Da steht nach wie vor ein Doppelbett. Egal, ich komme darauf zurück. Ich kann das auch später noch rausschneiden. Okay, konzentrier dich.

Ich saß mit dem Stecker vor der Steckdose und wusste, was zu tun war, aber ich tat es nicht. Es war Morgen oder allerspätestens Vormittag im April und die Sonne schien. Aus irgendeinem Grund blieb ich vor der Steckdose sitzen und starrte in diese zwei Löcher und dabei kamen mir ganz eigenartige Gedanken. *A-bop-bop-a-loom-op!*

Ganz eigenartige Gedanken.

Ich stellte mir vor, wie die Leitungen von diesen beiden Löchern immer weiterführten, kleine, winzige Tunnel durch die Wand und von der Wand in die Erde und dann immer weiter. Für einen Moment sah ich vor meinem Auge sämtliche Verzweigungen und konnte der Leitung kilometerweit folgen. Eine ganze Welt war mit mir verbunden. Alles floss von mir weg, der ewige Strom aus Licht, Bildern und Träumen von einem Leben ohne *Bad Hair Days.*

Aber ich saß nicht lange dort. Ich bin mir sicher, dass ich nicht lange dort saß. Doch als ich endlich aufblickte, dämmerte es. Es war einfach viel mehr Zeit vergangen, als tatsächlich hätte vergehen können. Ich weiß, wie verrückt das klingt, richtig *Tutti Frutti au rutti*, aber es war so. Als ob da ein Zeitloch in der Wand gewesen wäre, durch das alles weggesaugt wurde, Stunden, Minuten, Tageslicht, alles. Da habe ich gemerkt, dass etwas nicht stimmt, aber eigentlich hätte es mir ja schon viel früher auffallen müssen.

Nur fallen einem die wichtigen Dinge nie rechtzeitig auf. Es ist so, glaubt mir. Ich habe euch hier schon viel erklärt, aber das noch nicht: Später werdet ihr noch viel bereuen und glaubt mir, es macht keinen Spaß zu bereuen. *Don't you know, we're caught in a trap?* Wie oft habe ich die Zeile für euch hier gesungen? Und auf einmal hat sie eine ganz neue Bedeutung und sie gefällt mir nicht.

Ich glaube übrigens, dass es kleine und große Zeitlöcher gibt, und wenn ich lange genug darüber nachdenke, macht mir das noch mehr Angst. Ihr erinnert euch vielleicht an die einzige Folge, die zu spät hochgeladen wurde. Die einzige Folge!

Ja, ich saß in meinem Office und war gerade dabei, nach Hause zu gehen. Ich wollte aufstehen und sah dann einen Riss, der durch die Wand ging. Der Riss war mir davor nie aufgefallen, aber jetzt starrte ich ihn an und konnte nicht aufhören. Das war sozusagen die Sollbruchstelle der Wand. Einmal von oben nach unten ging der Riss durch, und ich blieb sitzen und war mir sogar sicher, dass ich kein einziges Mal blinzelte, während ich in diesen Riss starrte. Ja, und den Rest kennt ihr ja. Ich weiß noch, dass eine Putzfrau ihren Wagen durch den Flur schob, als ich das Büro verließ, aber ich weiß nicht mehr, wie lang ich dort saß.

Wie ein Rausch, dachte ich an diesem Nachmittag, der dann – was wurde?

Und dabei war es ein vergleichsweise kleines Loch. Heute denke ich, dass es auch riesengroße Löcher geben muss, in denen so ein Abend, eine Nacht, ein ganzer Tag noch schneller verschwindet.

Die Leute sagen immer, die Zeit sei nicht wirklich da, und die Dinge bewegen sich einfach, doch das stimmt nicht. Inzwischen weiß ich, dass die Zeit da ist, so wie Luft oder Rauch oder eine Wolke. Manchmal wird sie weggesaugt und es geht auf einmal alles sehr schnell, nur du bekommst nichts mit. Es ist wie bei einem Flugzeug, bei dem ein Fenster eingeschlagen wird: Druckausgleich nennen sie das. Die Luft wird mit extremem Druck herausgezogen, und genauso funktioniert das mit der Zeit. Sie strömt mit einem Mal schneller und wenn man nicht aufpasst, dann verliert man nicht nur Stunden, sondern ganze Tage, ja ganze Jahre könnte man an einem Zeitloch verlieren. Mein Herz schlägt ganz schnell. Ihr könnt das nicht sehen, aber es schlägt ganz schnell, wenn ich länger darüber nachdenke, doch ich habe eine Entscheidung gefällt. Ich habe mich für den Fight entschieden. Nicht mehr weglaufen, nicht mehr Kopf in den Sand und so weiter. Das hier ist das letzte Video, und ich will von allem berichten, was ich gelernt habe. Ich muss es alles erklären, weil das mein Ding war, und damit ihr zumindest die Möglichkeit habt, mich zu verstehen. Alles jetzt: keine Entschuldigungen, keine Ausflüchte, nur die Wahrheit, die Wahrheit, die Wahrheit. Wir nennen diese Folge »Der King erklärt, warum die Zeit verschwindet«.

Am schlimmsten ist der Verlust, wenn man ihn in dem Moment nicht bemerkt, in dem er stattfindet. Versteht ihr, was ich sagen will? Zum Beispiel die Klamotten, die meine Tochter immer getragen hat. Wir haben manchmal Schwierigkeiten miteinander, und oft weiß ich überhaupt nicht, wie ich mit ihr reden soll. Ich glaube, während ich hier mit euch spreche, dass sie sehr wütend ist. Und das ist in Ordnung. Sie darf sehr wütend sein, weil ich auch sehr wütend bin und sie ein wenig verstehe. Es gibt genug auf dieser Welt, über das es sich lohnt, wütend zu werden.

Sie ging jeden Morgen durch die Küche in komplett schwarzem Stoff. Nur ihre Gürtel glitzerten silbern, hellblau, pink oder neongrün. Jeden Tag einen anderen glitzernden Gürtel. Sie ging vorbei und trank ein Glas Wasser mit Vitamintablette und aß überhaupt nichts. Wenn ich sie fragte, was los sei, zeigte sie mir ein Bild auf ihrem Phone. Es waren immer Seebilder mit dramatischem Licht, Küsten, Wellen, Schaum und Horizont.

»Schön, oder?«, sagte sie jedes Mal und jedes Mal glitzerte ihr Gürtel.

Aber vor einer Woche hörte ich morgens eine Melodie aus

ihrem Zimmer, die ich noch nie gehört hatte. Klänge – irgendwie alt und gleichzeitig neu, wie von billigen Synthesizern. Und dann kam sie in die Küche und sie trug ein viel zu großes T-Shirt im Retro-Batik-Look mit bunten Peace-Zeichen übersät und ihre Haare waren ganz raspelkurz und blond gefärbt und kein Gürtel glitzerte mehr.

Und ich fragte sie, wie nur ein dummer Vater fragt, ob das jetzt ihr neuer Style sei.

Aber sie sah mich dann so an. Ich kann das gar nicht beschreiben, wie sie mich ansah. So, als würde sie mich nicht kennen, als wäre ich ihr in dem Moment zum allerersten Mal aufgefallen. Als hätte sie überhaupt nicht mitbekommen, dass ich davor schon dagewesen war.

Und das ist nicht in Ordnung. Merkt euch das! Ihr dürft nie einen Menschen so ansehen. Es ist nicht in Ordnung. *Don't be cruel – to a heart that's true …*

Manchmal muss ich singen, das versteht ihr ja. Ihr versteht mich, das weiß ich und deshalb spreche ich zu euch und zu niemandem sonst, weil ich weiß, dass mich meine Follower nicht verurteilen werden. Niemals. Ihr seid schon so lange dabei. Ich sollte nachsehen, wie lang ihr schon dabei seid, aber ich traue mich nicht.

Es ist schon eigenartig: Ich kann gar nicht mehr sagen, wie lang ich diese Videos schon produziere. Es fing einmal aus Spaß an. Aber dann bin ich irgendwie … dabeigeblieben.

Aber zurück zu ihr und diesem Morgen: Ja, sie sah mich so an, als hätte ich etwas komplett Verrücktes gesagt, als wäre ich komplett durchgebraten und so darf man niemand ansehen, das sage ich euch. Und dann zeigte sie mir ein Bild auf ihrem Phone, wie sie es immer tat. Nur diesmal war es keine Seelandschaft, keine Wellen, kein Wasser, kein dramatischer Himmel, in dem man sich verlieren könnte.

Nein, es war eine Statue. Eine alte griechische oder römische Statue, keine Ahnung, ich verstehe nichts davon, aber weil sie so alt war, war ihr Gesicht wie weggewischt, und das Bild war außerdem schlecht aufgenommen oder vielleicht war das auch Absicht, jedenfalls war da fast kein Gesicht mehr, aber jemand hatte in das Gesicht pixelige Tränenbäche montiert. Und das war das, was sie mir zeigte und ich fragte, was aus den Stränden und Küsten geworden wäre, was aus den Himmeln, und da sah sie mich wieder so an mit Falten auf der Stirn und allem und ich fragte nicht mehr nach.

Versteht ihr mich? Natürlich versteht ihr mich. Und vielleicht komme ich auch noch dazu, euch zu sagen, was ich getan habe, aber ich muss davor noch einiges erklären, weil ich Angst habe, dass es sonst keinen Sinn ergibt.

Ich bitte nicht um Vergebung, müsst ihr wissen. Habe ich noch nie. Ich glaube auch, dass mir niemand vergeben kann. Nur ich selbst. *A bop-bop-a-loom-op!*

Es war etwas an dieser Statue und dem Licht, in dem sie aufgenommen worden war. Wie ihr der Frontalblitz sozusagen den Rest des Gesichts nahm, das sie überhaupt noch hatte. Und dann hatte ihr irgendjemand diese hässlichen hellblauen und weißen Pixel ins Gesicht montiert und das war noch grausamer als alles, was ihr die Zeit ohnehin schon angetan hatte.

Ich muss mich kurz beruhigen. Entschuldigung. Entschuldigung. Entschuldigung.

Normalerweise würde ich diese Sequenz jetzt rausschneiden, aber nicht in diesem Video. In diesem Video sollt ihr mich sehen, wie ich wirklich bin. Alles, so wie es ist.

Ich wollte von meiner Tochter sprechen.

Es ist schon eigenartig. Ein Satz, den ich niemals sagen wollte: Ich habe mir wirklich Mühe gegeben. Jetzt denke ich, dass dieser

Satz genau das ausdrückt, was ich sagen wollte. Ich habe mir wirklich Mühe gegeben. Kommt es darauf an? Ich habe ihr immer die alten, die richtig guten Filme gezeigt, habe für sie die alten Star-Wars-Teile gestreamt, damit sie nicht den neuen Mist sehen muss. Und wir haben uns verstanden. Ich habe ihr einen Jedi-Mantel für die Fastnacht genäht. Ich habe alles Mögliche gemacht.

Mit einem Mal steht ein Mensch vor dir, den du erschaffen hast und der dich nun so ansieht, als gäbe es da überhaupt keine Verbindung mehr. Sie bewohnt dieses Haus, das ich immer noch bezahle. Sie tritt durch diese Tür. Sie schläft unter diesen Laken. Ich habe keine Ahnung, was ich eigentlich sagen wollte.

Nein, ich habe sie nicht erschaffen. Aber es gab eine Zeit, in der sie näher an mir war, in denen ich das Gefühl hatte, ich könnte sie erreichen und mit ihr sprechen. Ich weiß nicht einmal, wann genau diese Zeit gewesen ist.

Vielleicht erinnert sie sich nicht mehr an Star Wars.

Ich kann die Erinnerung an das Gesicht der Statue nicht mehr löschen. Wisst ihr, eine Woche später ging ich zu ihrem Zimmer, weil ich dachte, ich sollte mal wieder eines dieser Vater-Tochter-Gespräche mit ihr führen. Es kann für sie ja auch nicht leicht sein, dass ihre Mutter momentan nicht bei uns lebt.

Hatte ich das vergessen?

Ich ging in ihr Zimmer und sah, dass an den Wänden überall Bilder hingen, die ich nicht kannte. Düstere, körnige Schwarz-Weiß-Aufnahmen von Straßenzügen, zerbröckelnden Fassaden, leeren Kiosks und kaputten Ampelanlagen. Doch ich fragte nicht nach, ich kommentierte nichts, sondern fragte sie nur, ob sie in letzter Zeit mit ihrer Mutter gesprochen habe.

Und wieder dieser Blick. Wieder dieser Blick. Dieser Blick, als wäre ich ein Fremder, der überhaupt nichts verstünde, der von nichts eine Ahnung hat.

Es war, als ob sie mich zum ersten Mal so richtig ansah. Doch in diesem Moment war ich mir noch sicher, dass die Frage nichts weiter als eine harmlose Überleitung war. Alles, was ich wollte, war, ihr ein paar Dinge zu erklären. Ich hatte zu lang gewartet, hatte zu lang geschwiegen. Und jetzt sollten einfach nur ein paar Dinge ausgesprochen werden.

Ich wollte mich nicht abbringen lassen. Wir lassen uns generell zu oft abbringen von dem, was wir wirklich tun wollen.

Also sagte ich ihr, dass sich ihre Mutter gerade nur eine Auszeit nehme. Dass wir uns um ein paar Dinge kümmern müssten. Dass das alles nichts bedeute.

Ich sagte: »Wir kriegen das alles schon wieder hin.«

Und dann geschah etwas: Ich konnte richtig dabei zusehen, wie es in ihrem Gesicht geschah, und das hätte ich nie sehen wollen. Nein, das wollte ich nie sehen, und kein Song kann das ausdrücken, nicht einmal einer der unsterblichen Songs des King of Rock'n'Roll. Plötzlich waren da Tränen in ihren Augen, die waren davor nicht dagewesen. Gott, ich weiß nicht, wann ich meine Tochter das letzte Mal habe weinen sehen.

Und dann gab es diesen Moment, in dem ich etwas verstand, ohne daraus einen Satz bauen zu können. Es war eine Erkenntnis, die sich erst von einem Ort weiter hinten in meinem Kopf den Weg nach vorne bahnen musste, und gerade in diesem Moment hätte ich mir gewünscht, dass alles langsamer abläuft und nicht so schnell.

Wann war das? Wenn ich euch ehrlich antworten soll – und ehrlich wollte ich sein in meinem letzten Video – dann weiß ich es nicht mehr. Was ist mit der Zeit geschehen? Was ist mit den Löchern, die ich nicht entdeckt habe?

Ich glaube, dass die Zeit immer dann schneller vergeht, wenn man nicht darauf achtet. Man muss auf die Löcher achten und sie meiden. Wenn ihr eins entdeckt habt, müsst ihr so schnell wie möglich verschwinden und nicht hineinsehen, denn es kann so viel verschwinden, sage ich euch.

Wann stellte ich das erste Mal beim Aufsetzen der Perücke fest, wie licht mein Haar geworden war?

Auch interessant, dass alle Elvis-Imitatoren immer den späten King imitieren. Jedes Mal die Nummer mit den Schmalzhaaren, der Sonnenbrille und dem weißen Anzug. Also die Zeit, in der seine Karriere dem Ende entgegenging, ohne dass er es wahrhaben wollte. Ein Star altert ohne Würde. Ich habe keine Ahnung, woher diese Gedanken kommen. Ich fand den Look witzig, wie Hunderte vor mir. Aber wenn ich darüber nachdenke, ist es beinahe morbide. Als würde man sich an einer Leiche erfreuen, als würde man den Toten keine Ruhe lassen, die Körper ausgraben und sie der Welt in einem Zirkuszelt präsentieren.

Ich weiß, dass sich die Oberfläche dieser Plattform verändert hat, doch ich habe die Videos ignoriert, die mir am Rand des Bildschirms vorgeschlagen wurden. Wie lange habe ich den Rand ignoriert? Die Bilder, die ich nicht mehr verstand, die Titel, die mir nichts mehr sagten.

Irgendwann wagte ich den Klick: Ein pastellfarbenes Mädchen mit hellblauen Haaren tanzte vor einem pastellfarbenen Hintergrund. Ein hellrosa Pentagramm drehte und drehte sich. Dürre Jungs mit Großer-böser-Wolf-Masken reagierten auf Comedians des letzten Jahrzehnts, sagten einhundertmal am Stück, dass sie nichts davon verstünden. Und da dachte ich an meine eigenen Imitationen, dachte daran, wie ich meine Stimme verstellte. Wir setzen alle eine lange Kette an Verweisen zusammen und hoffen darauf, dass jemand versteht, wie sie zusammengesetzt ist.

Ich verstand nichts mehr. Ich sah ihre Kostüme, sah ihre Settings und hörte den Klängen zu, die ihre Videos begleiteten. Synthesizer erzeugten blecherne Klänge wie aus Jahrzehnten, die schon lange vergangen waren. Zusammenschnitte von Politikerreden wurden in extremer Geschwindigkeit abgespielt, Marschkapellen spielten rückwärts und Katzen tanzten in Endlosschleifen. Aus der Bilderfolge stieg schließlich ein junger Mann empor, sein Gesicht in viel zu grellem Licht, das seine Augen zu dunkelroten Fleischhöhlen verzerrte, die Wangen weiße Flächen, und er sprach von seinen Problemen, die sich vor ihm auftürmten, von der Angst, nie ein Outfit zu finden, in dem er einmal einen perfekten Tag erleben könnte, nie die richtigen Schuhe zu finden, nicht in diesem Jahrzehnt. Er sprach von seinem Schicksal, als Weißer geboren zu sein, und als solcher könne er in diesem Jahrzehnt nichts vorweisen.

Und während er sprach, rannen hellblaue und weiße Pixeltränen seine Wangen hinab, während sein Gesicht mehr und mehr seine Konturen im harten Licht verlor. Im Hintergrund sah ich Menschen in Skimasken durch die Straßen demonstrieren, Galgenstricke aus weißem Seil um ihre Hälse, auf dem Transparent vor ihnen die Frage »Do you like scary movies?«.

Und während er sprach, versuchte ich in meiner Erinnerung das Zeitloch zu finden, das mir die Spanne geraubt hatte, die mich an diesen Punkt gebracht hatte. Ich konnte mich nicht mehr erinnern, aber konnte genauso wenig aufhören danach zu suchen, bis ich alle Geräte ausschalten und endlich meinen Keller verlassen musste.

Ich trat hinaus in die Welt, *A-bop-bop-a-loom-op!*, und sah die kleinen, schwarzen Drohnen über den tiefblauen Himmel fliegen. Meine treuen Follower, es war ein Anblick, es war schlimm: Der ganze Himmel über unserer Vorstadt war erfüllt von ihren Geräuschen, diesem hohen Surren, diesen Vibrationen in den falschen Frequenzen, die den Raum über unseren Heimen mit Lärm verpesteten. Wie ich da stand, konnte ich mich nicht daran erinnern, dass es so viele geworden waren. Es musste geschehen sein, während ich nicht aufpasste, unten in meinem Keller, wo ich euch erklärte, wie ein altmodisches Kassettendeck funktionierte, wie man einmal CDs gebrannt hatte und wie man einen richtigen Blunt dreht.

Mir wurde schwindlig, aber ich stieg dennoch in mein Auto und fuhr los, weil ich alles mit meinen eigenen Augen sehen wollte. Ich fuhr vorbei an Omas, die Leopardenleggins und T-Shirts, bedruckt mit Guillotinen-Bauanleitungen trugen, vorbei an einer Demonstration für niedrigere Eigenbeteiligung bei Psychopharmaka, die gerade von Polizisten in schwarzen Kampfanzügen aufgelöst wurde. Schilder flogen durch die Luft, auf denen Slogans standen wie »Wir sind an eurer Welt verrückt geworden!« und eine Gruppe junger Frauen, die sich mit Zwangsjacken verkleidet hatten, durchbrach die Polizeisperre und rannte wild lachend über den Asphalt davon.

Und die Luft war voll Drohnen. Überall flogen Drohnen.

Ich weiß nicht, was ich euch sagen soll. Ich wollte euch das alles erklären. Ich will nicht mehr schlafen. Ich will nicht mehr ruhen. Ich will euch warnen.

Doch wovor? Ihr müsst wissen, dass diese Löcher da draußen sind. Ihr müsst euch vor ihnen schützen, doch ich weiß nicht wie. Wie soll das auch gehen? Sie können überall sein. Überall können sie auftauchen. Du folgst dem Verlauf einer Kerbe im Holz und schon ist der Sommer vorbei. Du verlierst dich in der Fontäne eines Springbrunnens und kannst am nächsten Tag die Anzeigetafel an der Haltestelle nicht mehr lesen, weil deine Augen plötzlich schlechter geworden sind. Ich meine: So kann doch niemand leben. *We can't go on together.*

Ich glaube, ich hatte einmal ein gutes Leben. Ich meine, mich daran zu erinnern. Im Nachhinein schrumpft eine Spanne von zehn Jahren auf wenige Tage zusammen. Ist das immer so? Haben andere mehr Erinnerungen oder war ich zu unaufmerksam? Niemand hat mich gewarnt, niemand hat mir Bescheid gesagt, wovor ich mich in Acht nehmen soll. Aber einmal hatte ich ein gutes Leben. Ich erinnere mich an Nächte, die ich unter einem offenen Fenster lag. Mein Kopf war betäubt und meine Beine schwer von einem starken Sedativum und ich hörte die ganze Nacht der Straße zu. Oder ich meine, dass ich die ganze Nacht der Straße zuhörte. Vielleicht waren es auch nur zwei oder drei Stunden. Aber die Geräusche, die Geräusche. Das Klackern hochhackiger Schuhe, das immer trocken klingt. Und die ganzen Stimmen der Nacht, das Lachen, das ganz schnell vorbeizieht. Jungs, die sich ihre Unsicherheit quer über die Straße zuschreien. Ich erinnere mich an Vormittage voller Fruit Loops und einen Wind, der die Äste brach. Ich erinnere mich an die freudige Erwartung, die ich jedes Mal empfunden habe, wenn ich mir an einem Freitagabend die Schuhe schnürte. Ich erinnere mich an das erste Mal, als jemand meinen Channel abonnierte. Ich erinnere mich an den ersten Comment unter einem meiner Videos. Ich erinnere mich an das erste Video über meine Videos.

Ich erinnere mich an alle Zeilen, die ich jemals für euch gesungen habe: *Maybe I didn't hold you all those lonely, lonely times. And I guess I never told you, I'm so happy that you're mine.* Ja, der King singt über die Liebe, aber er könnte genauso gut über diese kleinen, flüchtigen Momente singen, die niemand wertschätzt und alle vermissen. Irgendwie haben wir sie alle besessen.

Gestern habe ich herausgefunden, dass die Drohnen Pakete transportieren. Niemand geht mehr ins Kaufhaus. Alle bleiben zu Hause.

Wie viele von euch werden hierbleiben, wenn dieser Channel keinen Content mehr liefert? Wie viele werden stille Follower bleiben? Wie viele werden auf diese Seite zurückkehren, einfach nur um nachzuschauen, ob sich nicht doch vielleicht etwas geändert hat?

Meine Tochter hat sich für den Zynismus entschieden, aber ich liebe sie trotzdem.

Wie lang wird es dauern, bis ich eine Erinnerung an ein altes Internet geworden bin, ein unschuldigeres, ein weniger witziges, ein unbeholfeneres, eines mit schlechterer Auflösung, eins, das zu professionell sein wollte, eins, das selbst nur noch Material für weitere Memes bildet? Wie lange dauert noch meine Zeit? Wie viel davon ist bereits in den Löchern dieser Welt verloren gegangen, irgendwo zwischen den Fugen verschwunden?

Well please don't ask me what's upon my mind. I'm a little mixed up, but I feel fine.

Mit einem Mal sprechen all die Lieder der vergangenen Jahre eine neue Sprache. Sie erzählen mir etwas ganz Neues und ich höre hin. *Tomorrow will be too late.* Ich höre hin, höre ganz genau hin und was einmal ein Witz war, ein netter, kleiner, beruhigender Witz, die Musik eines längst vergangenen Jahrzehnts, klingt jetzt monströs, als wäre die ganze Welt falsch geworden und jemand hätte die Vögel in den Bäumen durch eine per Bluetooth betriebene Box ersetzt und die Spitzen der Berge abgeschlagen. Die Sonne ist nicht mehr die Sonne und ich selbst bin ja beinahe alt geworden.

Hör auf damit! Fight oder Flight. Fight oder Flight!

Ich will nicht mehr klagen. Ihr Hundesöhne. Ich will nicht mehr klagen. Ich will euch warnen. Es könnte sein, dass ihr eines Morgens eine unüberwindbare Entfernung zwischen euch und eurer Tochter verspürt, weil sie nicht mehr dieselbe ist, weil sie euch ein Bild gezeigt hat, das ihr nicht versteht, aber vielleicht doch versteht. Weil ihr sie nicht mehr wiedererkennt und erst recht nicht mit ihr sprechen könnt. Es könnte sein, dass ihr danach zu eurer Frau fahrt, der Frau, von der ihr bis zu diesem Zeitpunkt dachtet, sie würde in einer oder zwei Wochen wieder einziehen. Es könnte sein, dass ihr in dem Moment, in dem sie die Tür öffnet, feststellt, dass ihr Haar grau geworden ist. Es könnte sein, dass ihr realisiert, wie lang ihr sie schon nicht mehr gesehen habt, und nichts anderes tun wollt, als eure Unterlippe zu zerkauen, bis ihr Blut schmeckt.

Es könnte sein, dass ihr euch nichts mehr wünscht, als dass sie sich noch einmal darüber lustig macht, wie dünn der Kaffee ist, den ihr kocht, und wie labbrig euer Toast. Es ist nicht fair, doch es gibt bis heute kein Büro für meine Klage.

Die Löcher – sie sind überall. Sie können überall auftauchen. Es kann ein Fenster oder ein Gullydeckel sein, ein Abfluss oder die Lüftung. Es macht keinen Unterschied.

Und wenn du dann auf einem Weg, auf dem du mit einem Mal deine Knie und deine Hüfte spürst, jemanden triffst, einen Jüngeren, der das Falsche sagt, kann es sein, dass du von ihm alles zurückforderst, all die Nachmittage und auch die Jahre, weil es einfach nicht fair ist.

Was, wenn du zu lang in eins der Löcher starrst und niemand da ist, der dich an der Schulter schütteln könnte? Du passt einmal nicht auf, und schon ist die Welt eine andere, und du stehst vor deiner Webcam, der weiße Anzug passt nicht mehr, die Tage sind plötzlich wieder kürzer geworden, und wenn du zurückblickst, siehst du nur noch Löcher.

Es gibt jetzt eine Voice-Changer-Software, die es jedem Menschen erlaubt, so zu klingen wie der King. Verfügbar sind auch die Stimmen von Louis Armstrong, Dolly Parton, David Bowie, Donald Trump und einem Typen namens Sir Holocene.

Wie geht das – wenn man alt wird?

Schreibt es mir in die Comments.

STERBEN MIT DEN PHILISTERN

Heute ist der erste Mittwoch, also gehen wir auf Diplomatenjagd. Über den Straßen unserer Stadt fliegen Drohnen und Tauben und der Wind ist schon morgens böse, aber was will man machen? Routine ist wichtig, ist unerlässlich, wenn man nicht in der Depression verharren will. Und der Depression haben wir den entschiedensten Kampf angesagt. Die Depression – das ist das Langsame, bei dem alles schnell wird. Die Depression ist ein vertrocknetes Zuckergebäck, in das man seine Zähne bereits versenkt hat. Die Depression ist ein langer Schlaf, nach dem man nur noch müder wird. All das gilt es zu bekämpfen und deshalb gehen wir los.

Wir wissen, dass der Wind noch böser wird, wenn er morgens schon böse ist, dass es schwierig wird, die Fahrräder auf der Jagd zu steuern, doch es muss sein. Jeden ersten Mittwoch gehen wir auf Diplomatenjagd, und es ist an mir, die anderen zu wecken, die sich ihre Decken über die Nasen gezogen haben und die letzten Momente der Wärme auskosten. Unsere Küche ist kalt und draußen ist es noch kälter, aber länger schlafen dürfen wir nicht, denn das Zeitfenster unserer Jagd ist begrenzt. Und so berühre ich sie an den Schultern und flüstere ihnen sanft ein Guten Morgen ins Ohr, bemüht, sie sacht zu wecken und den Übergang vom Dämmern zum Wachen nicht zu abrupt werden zu lassen. Ich kümmere mich um sie, sorge mich um ihre Körper, um den Ausschlag an ihren Hälsen, ihre verstauchten Zehen und ihre abgebrochenen

Zähne. Ich sorge mich um eine ganze Menge. Sie müssen aufstehen. Es ist meine Aufgabe, ihren Tagen Struktur zu geben, sie nicht alleinzulassen, ihnen eine Aufgabe zu geben. Sie sind unter meiner Obhut, aber ich nenne sie nicht meine Kinder, die Jungen und Mädchen, die noch in ihren Stockbetten liegen, in einheitlicher Bettwäsche, in einheitlichen Schlafanzügen, und sich dagegen wehren, die Schwere des Schlafs aus ihren geschorenen Köpfen zu vertreiben.

So sind sie, so bin ich. Und ich bleibe für sie verantwortlich. Also wird die dritte Runde entlang der Betten lauter und endlich stehen die ersten auf, strecken ihre starken Arme, gähnen aus bartlosen Gesichtern und erheben sich, immer noch schlaftrunken, um sich für die Jagd zu wappnen. Ich stehe bereits in der Küche, lausche dem Pfeifen des Kessels, habe die Tassen mit den Logos der Banken und Think-Tanks auf der Wachstischdecke verteilt, schmiere Erdnussbutter auf weiße Toast-Scheiben und verteile sie ringsum. Es ist Mittwochmorgen, der erste, und auch wenn alle murren, die jetzt die Küche betreten – wir freuen uns schon seit Tagen auf diesen Mittwoch.

Denn wir ziehen nur am ersten Mittwoch des Monats los. Jede Routine lebt von ihren Intervallen, von den Unterbrechungen und Pausen. Wir haben einen Rhythmus und dieser Rhythmus hält unsere Köpfe gesund. Er verhindert Zwischenfälle, die durch Unachtsamkeit entstehen. Er sorgt dafür, dass wir die Welt klarschen, in die wir uns hinausbegeben, und oft denke ich, dass ein einziger klarer Tag pro Monat ausreicht, um es an den anderen Tagen auszuhalten. Niemand braucht Urlaub, niemand braucht Auszeiten. Eine Erholung, die nicht Teil der Routine ist, bleibt wirkungslos. Was wir alle brauchen, ist dieser eine klare Tag, in dessen Stunden jeder weiß, was zu tun ist, und die Augen vom Fahrtwind tränen und brennen, was aber niemanden stört, und der Schweiß auf dem Rücken nicht trocknet, weil man immer in Bewegung bleibt und die Ämter vergisst und die Therapie und die Zukunft. Ein Tag genügt vielleicht für einen ganzen Monat. Dieser eine Tag, der uns gehört. Keiner der anderen Tage gehört uns, ein paar Stunden höchstens, mehr nicht. Aber das lässt sich aushalten, wenn es den einen Tag gibt, den ersten Mittwoch im Monat.

Für die Jagd braucht man eine gerade Zahl an Teilnehmerinnen, zwei für jedes Fahrrad. Sie alle sind früh zu Bett gegangen, ich habe darauf geachtet und sie beobachtet, bis ich mir sicher sein konnte, dass sie schliefen. Auch an diesem Abend, als sie bereits alle schliefen, blieb ich noch kurz, um ihre kahlen, nicht resozialisierbaren Köpfe zu betrachten. Diese Köpfe ohne Zukunft. Ich war für sie verantwortlich. Ich hatte jeden Einzelnen davon geschoren: Jennys Kopf mit der kleinen Beule, die nicht mehr verschwinden wollte, Alberts Kopf, auf dem zwischen den Stoppeln kleine Pickel wucherten, Saschas schmaler Kopf, unter dem ich wie sonst bei keinem anderen schon den Schädel erkennen konnte, und auf der Stockbett-Etage darüber Luises Kopf, über den sich die Falten rollten, daneben Manuels Kopf, spitz nach oben zulaufend, auf der anderen Seite Tims Kopf mit der viel zu langen Stirn und Annas Kopf mit den kleinen, abstehenden Ohren, an denen wieder und wieder mein Blick hängenblieb. Das waren ihre Köpfe, für die ich verantwortlich war. Meine Hände hatten über jeden dieser Köpfe gestrichen, um das abrasierte Haar wegzuwischen, um die Länge zu prüfen, aber auch so, wie Eltern über die Köpfe ihrer Kinder streichen. Ich gebe es zu. Ich leugne es nicht.

Und jetzt sitzen sie alle da: Jenny neben Anna neben Albert neben Sascha neben Manuel neben Tim neben mir und Dampf steigt aus dem Teekessel und das kalte Fenster beschlägt. Wir schweigen und kauen und müssen überhaupt nichts sagen. Die Küche ist klein, aber alle haben Platz, niemand murrt, niemand stößt an den Tischnachbarn. Wir haben jeglichen Streit beigelegt, wir haben uns alles verziehen, weil jeder Streit, so klein er auch ist, die Jagd verderben könnte. Niemand möchte das. Wir haben darauf gewartet, wir haben uns die Stunden zusammengespart, die wir jetzt haben, in denen wir jagen werden. Füße trippeln in Erregung auf dem Linoleum, Blicke gehen zur Uhr hinauf und zählen die Minuten, bis zu dem Punkt, an dem wir uns erheben werden.

Dann werde ich fragen: Sind alle gesund und im Vollbesitz ihrer Kräfte? Und sie werden nicken und die Reißverschlüsse ihrer Jacken nach oben ziehen, sich die Sturmhauben über die kahlen Köpfe rollen, ihre jugendlichen Stimmen erheben und singen, wie in dieser Straße vor uns schon sehr lange niemand mehr gesungen hat – ohne Sorge, wer uns hört, ohne Erlaubnis und voller Vertrauen in unsere rauen, blechernen Stimmen. Wir vergessen den Raum um uns. Wir vergessen die Termine auf den Ämtern. Ich vergesse meine Direktive und meinen Job.

Wir tragen die bunten Trainingsjacken der verlorenen Sowjetstaaten und fahren die verschrotteten Fahrräder gleichgültiger Bürgerkinder, aus sämtlichen Hinterhöfen der Stadt sorgsam zusammengeklaut. Wir haben unsere Routine gefunden und wir weichen nicht mehr davon ab. Wir wissen, was zu tun ist.

Die Aufgaben sind klar verteilt: Jenny und Manuel kontrollieren die Fahrräder, testen die Bremsen und ölen die Ketten. Tim holt die Stöcke aus dem Keller und prüft, ob das Holz noch stabil ist. Wir lagern sie zwar trocken, aber wir müssen sichergehen. Alles muss seine Ordnung haben. Albert legt unsere Sportjacken auf die Kommode neben dem Küchentisch. Er wird es schweigend und mit Sorgfalt erledigen, so wie er alles erledigt, was ihm aufgetragen wird. Luise bestimmt, in welcher Reihenfolge wir fahren und wer mit wem auf dem Fahrrad sitzt, wer Fahrer und wer Jägerin sein wird. Anna erklärt uns die Route. Wir fahren nie zweimal dieselbe. Zu jeder Routine gehört die Variation, auch die Aufgaben rotieren. Alles funktioniert und entwickelt sich stetig weiter. Alles ist wunderschön und klar am ersten Mittwoch des Monats.

Bevor es so weit ist, trete ich noch einmal in den Hausflur hinaus. Das Licht fällt kalt und ruhig wie nur zu dieser Tageszeit, keine Drohnen zu hören. Ich denke daran, dass wir diese Ruhe gleich durchbrechen werden, korrigiere mich aber: Wir durchbrechen die Ruhe nicht. Wir ermöglichen sie erst. Unsere Ruhe benötigt den Aufbruch, unsere Ruhe benötigt die Jagd. Die Ruhe kann sich nur in den Intervallen der Bewegung ausbreiten, denn wir suchen eine Ruhe, die nicht lähmend ist. Wir suchen eine Ruhe der tiefen Erschöpfung.

Dann höre ich wieder den bösen Wind. Aber was will man machen? Die Alternative wäre die Depression, wären die hellen Wochen der Bewegungslosigkeit, die Zimmer voller Druck und stiller Luft, Wochen, in denen alles bloßgelegt ist – jeder Fleck und jede Scham. Deshalb sagen wir: trotzdem. Wir werden uns trotzdem einen Park suchen und warten, bis der Berufsverkehr einsetzt. Und ich erinnere mich daran, was mir einmal meine Ausbilder sagten, bevor ich diese Wohnung bezog: »Eine Resozialisation können wir nicht leisten. Das dürfen Sie sich nicht zum Ziel setzen. Es geht vor allem und zuallererst darum, sie zu beschäftigen. Beschäftigung ist das allerwichtigste. Immer wieder sagten sie: Achten Sie darauf, dass keine Leerläufe entstehen. Achten Sie darauf, dass es immer etwas zu tun gibt. Aus Langeweile entsteht Wut, Aggression, das Unkontrollierbare. Fragen Sie sich nicht, ob sie irgendwann wieder Teil der Gesellschaft sein werden. Darum darf es Ihnen nicht gehen.« Wie falsch sie lagen und wie richtig es dennoch war, was sie mir sagten.

Und ich sagte: »Nein, das ist mir klar. Solche Ziele habe ich nicht.«

Heute denke ich: Solche Ziele hatte ich nie. Ich wollte nicht mehr, als ihnen ein Geschenk machen. Alle Menschen haben Geschenke verdient von Zeit zu Zeit.

Es ist so weit. Ich gehe zurück in die Wohnung und sehe sie alle am Tisch sitzen, die kahlen Köpfe mir zugewandt. Sie warten und haben den Abwasch bereits erledigt. Sie können die letzten Minuten kaum ertragen, aber sie warten, weil sie wissen, dass es dazugehört. Das ist mein Verdienst, das habe ich ihnen beigebracht. Jeder Mensch ist erziehbar. Man muss nur wissen, was er braucht.

Was sie brauchten, war aus jeder ihrer Bewegungen ersichtlich, aus jedem Wutanfall, jeder Verletzung, jedem Schlag und jedem Schnitt. Es fehlte nur einer, der hinsah. Heute glaube ich, dass Wünsche nicht zu verbergen sind. Unsere Bewegungen durch den Tag sind ein einziges großes Wünschen. Wenn eine einen schlägt, mit der Faust ins Gesicht, so schickt sie einen Wunsch in die Welt. Und wenn einer schreit und mit Flaschen durch die U-Bahn-Schächte wirft, wünscht auch er. Alles auf ihre Art. Alles auf seine Art. Es ist ein einziges Verfassen von Wunschlisten in der Hoffnung, dass sie jemand lesen möge. Nur liest sie meistens niemand. Es ist mein Geschenk: Ich mache mir die Mühe, ihre Wunschlisten zu lesen. Es gibt Besseres als das, und es gibt Schlechteres als das. Ich habe verstanden, was sie brauchten. Denn es war dasselbe, was auch ich brauchte.

Als ich das erste Mal ihre Wohnung betrat, einen Ordner unter dem Arm, eine Maske professioneller Freundlichkeit über mein Gesicht gelegt, konnte ich es an ihren Frisuren erkennen, ihre ungeschickten Versuche, mittels der Ordnung ihrer Haare über sich selbst hinauszuwachsen. An ihren Frisuren konnte ich ihre Wünsche erkennen: diese Haarschnitte aus dem letzten Jahr, trotzig präsentiert im Wissen darum, dass die Geste schon wieder veraltet war. Die Gesichter darunter zu jung, um die Lippen so herausfordernd zusammenzukneifen, wie sie es gerne getan hätten, die Augen zu alt, und niemand hatte ihnen beigebracht, das Kinn oben zu behalten. Ich wusste es nach meinem dritten Besuch, bei dem ich zum dritten Mal Tim auf dem Boden fixieren musste, bis er aufhörte, mich einen Hurensohn zu nennen und nach meinem Gesicht zu schlagen – dass ich ihre Haare scheren müsste, ehe überhaupt irgendetwas geschehen könnte.

Und nur wenige Monate später stelle ich mich mit erhobenem Kopf an die Stirnseite des Küchentischs, so wie ich ihnen allen beigebracht habe zu stehen, aufrecht und mit geradem Rücken, sodass der höchste Punkt meines Körpers der Decke entgegenstrebt, und blicke so in die Runde, dass ich alle gleichzeitig anschauen kann.

Die Fragen sind jedes Mal dieselben, aber wir fahren nicht los, ohne sie einmal durchzugehen: Sind alle gesund und im Vollbesitz ihrer Kräfte?

Sie nicken. Sie nicken jedes Mal.

Sind die Reifen aufgepumpt?

Die Reifen sind aufgepumpt.

Sind die Ketten geölt?

Die Ketten sind geölt.

Wurden alle Bremsen überprüft?

Die Bremsen wurden ordnungsgemäß überprüft.

Liegen die Stöcke bereit, sodass jedes Paar einen Stock hat?

Die Stöcke liegen dort, wo sie immer liegen.

Also erheben wir uns, ziehen den Reißverschluss unserer Sportjacken nach oben, bedecken unsere Gesichter mit dem schwarzen Stoff der Sturmhauben und stimmen das erste Lied an. Wir singen Chumbawamba und dann noch »Grüßt euch, Genossen!«, aber wir könnten auch ein altdeutsches Jagdlied oder Cyndi Lauper singen. Der Text ist egal, die Melodie ist alles. Es zählt, dass Musik da ist und ein Rhythmus aus Atem entsteht, damit wir die Angst vergessen. Anna stößt die Tür auf und wir strömen ins Treppenhaus, holen die Fahrräder aus dem Keller und stehen schon draußen im Wind, reiben die Hände aneinander und atmen noch einmal tief durch. Niemand spricht mehr. Wir schwingen uns auf die Räder und fahren los. Wir fahren schweigend, wir richten unsere Augen auf den fernsten Punkt der Straße und treten die Pedale in vollkommener Gleichmäßigkeit. Wir üben uns in Seelenruhe, eine vorne am Lenker und einer hinten auf dem Gepäckträger, das Holz in der Hand.

Schnell haben wir unsere schmale Straße hinter uns gelassen und steuern auf den Tunnel zu, der die Vorstadt vom Rest trennt, fahren vorbei an den Bushaltestellen, die schon längst kein Bus mehr anfährt, überqueren die Grenze zwischen dem Vergessenen und dem Bekannten. Hier ist das Einkaufszentrum, in dem sie alle seit Jahren Hausverbot haben, dort der Fußballplatz, der 24-Stunden-Laden und Elektrofachgeschäfte in einer langen, nicht enden wollenden Reihe, in denen Kunden, die niemals richtige Kunden werden können, von Stränden und Kopfhörern träumen. Wir überholen die Busse, wir überholen die Pendler in ihren Autos. Wir sausen, denke ich und muss lächeln. Lange Listen an neuen, alten, schönen Wörtern rattern durch meinen Kopf: geschwind, behänd, gewandt, leicht. Über uns die Drohnen und die frühen, dunklen Wolken eines kalten Tags, neben uns Reklame für Sporthosen und Kirchen, neben mir das nächste Fahrrad, zwei geschorene, nicht resozialisierbare Köpfe unter Sturmhauben, vor mir Tim, der sich auf dem Sattel zusammenkauert und mit aller Kraft in die Pedale tritt, denn wir werden schneller, immer schneller. Nachts tanzen hier manchmal Hologramme über den Dächern und tagsüber verkaufen mobile Hot-Dog-Verkäufer die Zukunft ihres Rückens an eine Zeitarbeitsfirma. Animierte Gesichter glatter junger Frauen von jenseits des Uncanny Valley fragen uns, wann wir aufgehört haben zu wachsen. Ich ducke mich hinter ihm auf dem Gepäckträger, um dem Wind so wenig Fläche wie möglich zu bieten, halte mich mit der linken Hand am Sattel fest, die rechte umklammert das glatte Holz. Gleich hinter den Fachgeschäften sehen wir die Prachtbauten vergangener sozialdemokratischer Zeiten, alte Männer, aus Stein gehauen, die grimmig unseren Ausflug verfolgen, unseren einen wachen Tag in diesem kalten Monat. Gegenwind bläht unsere Sportjacken auf, wir achten auf unsere Füße, darauf, dass sie nicht auf dem Asphalt schleifen, spannen die Oberschenkelmuskeln an. Es macht uns nichts aus, wir sind gut trainiert und ausgeschlafen.

Wir befahren diese Straßen und erreichen endlich lichtere, weitere Plätze, wo genug Platz ist, um den Bewegungen der Wolken zu folgen. Wir fahren leise und eilig zu den Grünanlagen und Parks und wischen uns erst dort den Schweiß von der Stirn. In der Kälte des Morgens harren wir aus, die steifgefrorenen Hände auf den Lenker der Fahrräder gestützt, den Blick auf die breiten dunklen Türen der Botschaftsgebäude gerichtet, die vor uns in den Himmel ragen.

Wir warten, solange es nötig ist – und ignorieren dabei die Kälte in unseren Fingern und Zehen, bleiben wachsam.

Bis die Türen aufgestoßen werden.

Dann pfeift Luise durch zwei Finger und acht gut trainierte Beine treten in die Pedale. Mit unerwarteter Geschwindigkeit rasen wir auf die Diplomaten zu, die noch keine Ahnung davon haben, was ihnen bevorsteht. Je zwei auf einem Rad, die Augen offen, die Schultern angespannt – und ich weiß, woran ihre ungehorsamen Köpfe denken. Ich weiß, dass Jenny an schwedische

Mädchen mit kleinen Ohren denkt, die ihre Zigaretten nur bis zur Hälfte rauchen. Albert denkt an harte Jungs, die sich gut um ihre Körper kümmern. Anna an Väter und Manuel an Kaufhausdetektive. Sie denken an die Stunden, in denen sie gelernt haben, dass die Welt nicht auf sie wartet, in denen sie verlernt haben, in Gesellschaft zu entspannen. Die Stunden, nach denen sie nicht mehr dachten, dass vielleicht doch noch alles gutgehen würde. Doch in jedem ihrer haarlosen Köpfe ist das Wissen verankert, dass diese Stunden in der Vergangenheit liegen und neue Stunden kommen. Und was das Wichtigste ist: Keiner denkt an unseren Block, wo es wehtut, wenn die Sonne verschwindet. Ich weiß das, ich habe sie alle im Arm gehalten, als sie nachts schreiend in ihren Stockbetten lagen und mir unter schwerem Atmen ins Ohr keuchten, dass alles so schnell zu Ende gehe und nichts bleibe außer ein paar Badewannen voll Scheiße, die wir über die Dauer unseres Lebens in die Kanalisation abgeben.

Aber eines Tages sind wir in L. A. Eines Tages lassen wir unsere Haare wieder wachsen und werfen leere Bacardi-Flaschen über den Strand, von dem uns niemand verjagt. Eines Tages werden wir ins Schwimmbad gehen und dabei wissen, dass wir auch am nächsten Tag wieder dort sein werden. Hätte ich ihnen das sagen sollen? Es macht keinen Unterschied. Der Traum der offenen, hellen Welt überlebt in den Muskeln des Arms, der das Schlagholz hält.

Heute sind wir unterwegs. Wir sind in Bewegung und sausen dahin. Wir fliegen tief und atmen schwer. Unsere Augen sind offen. Halt den Mund geschlossen, pass auf die Insekten auf, die zwischen deine Zähne fliegen, achte auf den Wind. Beuge dich nach vorn. Gleich sind wir da. Wir fliegen tief, wir atmen schwer, wir sind fiebrig und bewegt. Wir sind ein glückliches, konzentriertes Kollektiv.

Vor uns gehen sie über den Platz, die Taschen unter den Armen, die Kragen hochgeschlagen, den Blick auf das Büro gerichtet, wo sie ihre nächsten Stunden verbringen werden, angesehene Männer ohne Vorstrafen, die es in die Ränge der lohnabhängigen Mittelklasse geschafft haben. Keiner musste ihnen erst beibringen, den Kopf oben zu halten. Es ist nur ein kurzes Stück, das sie überqueren müssen, doch wir sind schnell und werden immer schneller, geben keinen Laut von uns, außer dem Surren der Ketten und unserem stetigen Atem. Wir sausen heran.

Zu spät dreht sich einer der Beamten um. Zu spät dämmert ihnen, was gerade geschieht, was die Gestalten auf den Fahrrädern vorhaben, die sich ihnen so schnell nähern. Zu spät beginnen sie zu laufen, zu spät lassen sie ihre Taschen fallen. Zu spät scheren sie aus dem Rudel aus, das sie instinktiv gebildet haben. Alles viel zu spät. Albert lacht glockenhell, streckt das Holz weit in die Kälte empor und ruft laut: Es sind immer zwei, die man erwischt. Den, den man trifft und den, den man treffen will – und keiner von uns versteht, was er damit meint.

Aber ich liebe und verehre ihn, wie ich sie alle liebe und verehre, denn sie haben ihr L. A. gefunden an einem einzigen klaren Tag. Was sie sich einmal gewünscht hatten, waren eine Fahrt um den Block in einem Auto ohne Kratzer, ein Zimmer mit verschließbarer Tür und eine verspiegelte Sonnenbrille. Was sie bekamen, war so viel mehr. Und wenn einer schlimm fällt, sprechen wir nicht darüber. Und wenn sie schreien, hören wir nicht hin. Wenn sie uns verfluchen, lachen wir nicht. Wenn sie weinen, halten wir nicht an. Uns kümmern keine stumpfen Traumata, keine ausgeschlagenen Zähne, keine Platzwunden, keine geprellten Schultern, keine Knochenbrüche und Netzhautablösungen. Wir sind nicht stolz, nicht beschämt, wir fahren weiter. Über uns heulen die Drohnen lauter und lauter, als hätten wir sie aufgescheucht. Vielleicht werden sie uns verfolgen, vielleicht auch nicht. Ich weiß, dass sie mit jedem Tag besser werden. Und je besser sie werden, umso kleiner wird unser Zeitfenster, umso geringer wird die Möglichkeit für einen klaren Tag am ersten Mittwoch des Monats. Dabei gibt es noch so viele Botschaften in dieser Stadt. Wir wollen sie alle aufsuchen. Wir suchen sie alle auf. Es sind immer zwei, die man trifft.

Bald kommt der Sommer, die Zeit, in der Gräser verbrennen und ich manchmal etwas traurig werde, wenn mein Blick zum Himmel geht. Ich werde traurig, weil ich weiß, dass keiner von uns in diesem Leben alt werden wird, während das Sauerstoffboot weiterhin über den Kanal fährt. Es ist nicht vorgesehen und bald wird es so weit sein, dass hinter den Drohnen weitere Drohnen fliegen werden, und dann wird es auch nicht mehr lange dauern, bis sie unseren Block finden und in unserem Block unsere Wohnung.

Als ich in den Vorlesungen saß, hätte ich mir nie träumen lassen, einmal auf diese Weise meine Tage zu verbringen, doch wenn man einmal sein Ding gefunden hat, sollte man dabeibleiben. Wer weiß schon, wohin die Jagd führt?

Und bis sie uns finden, bleiben wir dabei, spüren den bösen Wind auf unseren schweißnassen Stirnen, frieren ein bisschen, aber mögen es, sehen die LEDs, die sich in einem Ölfleck spiegeln und erkennen uns selbst darin, wissen mit einem Mal auf die Sekunde genau, wie lang wir für den Rückweg benötigen, spüren keine Wehmut mehr, sondern nur noch die Schwere unserer Oberschenkel, die Größe unserer Lungenflügel, die sich weiten und zusammenziehen, immer wieder, immer wieder, bis wir wirklich gestorben sind, und lieben uns dabei so sehr wie sonst niemand an diesem ersten Mittwoch im Monat liebt.

Das Gefühl hält nicht ewig an, deshalb müssen wir es auskosten. In dem Moment, in dem wir die Unterführung durchqueren und wieder vom Bekannten ins Vergessene wechseln, fangen wir zu singen an. Wir singen stockend, unregelmäßig, sacken in die Erschöpfung, die sich langsam in unseren Gliedern breitmacht und können keinen Ton halten. Aber wir singen:

He drinks a Whiskey drink, he drinks a Vodka drink,
he drinks a Lager drink, he drinks a Cider drink.
He sings the songs that remind him of the good times,
he sings the songs that remind him of the best times.

Und dann alle zusammen: Oh Danny Boy, Danny Boy, Danny Boy!

PLAYHOUSE

Alles war ein Fluidum. *I shit you not.* Manchmal war uns langweilig. Manchmal flogen wir nach Japan. Dann erwachten wir in mintgrünen Zimmern, die Sonne schien, sanfte Klänge erfüllten die Luft und wir spürten neue Herzen in unseren Körpern schlagen. So bewohnten wir die Welt. Flüchtig nennen das andere. So waren unsere Leben gewesen, die schon so lange dauerten, dass wir manchmal richtig twitchy wurden bei der ganzen Aeternitas, die uns umgab. Da zogen wir, die wir alle ein bisschen konsanguin waren, in Thompsons Playhouse, um zurück zu dem richtigen Menschending zu kommen. Aber alles war ein Fluidum, jede Entscheidung. Und vielleicht war bis hierhin alles ganz okay gelaufen, aber heute, am Morgen nach der letzten Abklemmung, wusste ich nicht, woher die abgetrennte Hand kam, die dort vor mir auf dem Tisch aus poliertem Echtholz lag.

Sie lag da: bleich und schmutzig, die Finger zu einer Kralle erstarrt. Und am Ende, dort, wo sonst der Übergang von Handgelenk zu Unterarm gewesen wäre: der Stumpf, das braun getrocknete Blut, der fransige Schnitt und der Beginn eines Knochens.

Und ein Ende des Karnevals war nicht in Sicht. Immer noch warteten wir in unserem Versteck, in dem Haus, das Thompsons Eltern ihm gebaut hatten, und außer seinem schlechten Wodka hatten wir nichts Echtes mehr zu trinken – der Wodka, der jetzt in den kleinen Gläsern rund um die Hand langsam verdunstete, der Wodka, dem ich mein schmerzendes Cranium verdankte. Ich war dafür gewesen, anständigen Alkohol zu kaufen, aber Thompson wollte unbedingt billigen Schnaps mitbringen, weil er immer, wie er sagte, etwas Proletenhaftes um sich haben musste. Er war auch der Einzige von uns, der vorgab, keine Angst vor dem Karneval zu haben, der die Städte erobert und an einem denkwürdigen Mittwoch, an dem sich noch niemand sicher war, ob es in Ordnung wäre, doch noch über etwas anderes zu tweeten, Kurznachrichten an alle Messenger verschickt hatte. Immer wieder dieselbe Nachricht: »Do you like scary movies?«

Wir sprachen nicht vom Verstecken. Wir nahmen uns lediglich eine Auszeit in einem Haus auf dem Land, umgeben von Hochspannungszäunen und Wald und widmeten uns unserem *Core* und unserer *Base* und all den Virtutes, die wir vernachlässigt hatten. Drei Wachposten waren positioniert, die uns jeden Morgen freundlich, aber ernst grüßten.

Also womöglich stand es doch eher finster um den Mundus, einer muss es ja sagen, und ohne eine amtliche Abklemmung würden die nächsten Tage kaum auszuhalten sein. Die Moral war ohnehin schlecht in unserer kleinen Gruppe, das konnte ich spüren, wenn wir im Dschungelraum beisammensaßen, dem Geschrei der Vögel lauschten und uns dabei versicherten, dass wir das mit den Drogen schon bald sein lassen würden. Woher also kam die Hand?

Neben dem Tisch lag Roy auf dem Bauch. Er hatte sein Gesicht auf die Fliesen abgelegt und schnaufte.

»Das ist die einzige Stellung, in der mir nicht schwindelig wird«, nuschelte er.

»Da liegt eine Hand auf dem Tisch«, sagte ich.

»Ich weiß«, sagte Roy.

»Ist sie echt?«, fragte ich und trat näher, um an ihr zu schnuppern, aber ich roch nur den verschütteten Alkohol. Roy stöhnte und antwortete nicht.

Die Bildschirme flackerten auf und Roys riesiges Gesicht starrte mich aus einer perfekten, grobkörnigen Werner-Herzog-Landschaft aus an. Seine Augen waren weit aufgerissen, sein Mund nicht mehr als ein Strich.

Er sagte: »Ich möcht' als Reiter fliegen, in einer blutigen Schlacht.« Selbst seine Stimme klang alt. Alt und echt und wirklich, fast ganz richtig.

Die Szene wiederholte sich. Wieder die Landschaft in warmen, dunklen Farben. Und Roy sagte noch einmal in breitem Bairisch: »Ich möcht' als Reiter fliegen, in einer blutigen Schlacht.«

»Kannst du diese Ineptia wieder ausmachen?«, fragte ich.

»Was ist eine Ineptia?«

»Eine Scheiße«, sagte ich. »Mach diese Scheiße wieder aus! Ich habe Kopfschmerzen.«

»Nein«, knurrte Roy, »das sind richtige Filme. Das sind natürliche Filme. Verdammt, ich brauch das. Ich kann nicht ohne. Wir haben doch gesagt, dass wir eine richtige Abklemmung machen wollen, von allem, nicht nur körperlich, sondern auch seelisch.« Er versuchte sein Gesicht etwas zu drehen, aber stöhnte sofort auf und bewegte sich nicht mehr. »Das Humanum! Schau dir das an, das Humanum da drin!«, keuchte er.

Der Schmerz klopfte wieder an und für einen Moment wurde auch mir schwindelig. Hinter den Fensterflächen sah ich den Wald und wusste, dass irgendwo dahinter auch die Straße war, die zur Stadt führte. Die Sonne schien und mir war kalt.

Eine Direktnachricht unterbrach das Video. Wieder und wieder: »Do you like scary movies?« Darunter ein Link: »Watch this.« Ich wusste, was hinter dem Link wartete: ein weiterer Clip aus der Stadt.

»Roy, wo kommt die Hand her?«

»Die kann nicht echt sein. Überleg doch mal: Wo soll die herkommen? Die ist mit Sicherheit gedruckt. Ich habe schon richtige, gedruckte Augen gesehen, ganz richtig waren die. Eine Superbia ist das, ich sag es dir.«

Roy würgte etwas vor sich hin. Vor einem Monat war er noch Skinhead gewesen. Wenn es Roy mit der richtigen Mischung richtig gut ging, sagte er gerne, dass er alles schon einmal durchgemacht habe.

»Da ist Blut herausgesickert«, sagte ich und dachte, dass ich diesen Raum verlassen und Luft atmen musste, dass es so nicht weitergehen konnte. »Da ist Blut herausgesickert«, sagte ich noch einmal, aber Roy war nicht mehr ansprechbar.

Ich fand Lui am Pool, wo sie auf einer Luftmatratze vor sich hintrieb und Tintenfische ihre Füße kitzelten. Sie winkte mir zu und versuchte sich an einem Lächeln. Ihre lackierten Zähne blitzten.

»Sie fühlen sich ganz richtig an«, rief sie. »Ich hatte zuerst gedacht, es würde komisch sein, aber es fühlt sich wie echt an, wenn sie mich berühren.«

Ich fragte mich, woher sie wissen wollte, wie sich ein echter Tentakel anfühlen sollte, doch dann dachte ich, dass die Frage grausam wäre und dass wir doch vielleicht genau deshalb hierhergekommen waren, um nicht grausam zu sein. Unsere kleine Zusammenrottung sollte sich in Benignitas üben, während der Karneval draußen marschierte und die Häuser anzündete, in denen wir noch bis vor kurzem gewohnt hatten.

»Da liegt eine Hand auf dem Tisch«, rief ich.

»Roy sagt, sie kann nicht echt sein«, rief sie und rollte von der Luftmatratze in den Pool. Die Tintenfische stoben auseinander.

»Gestern habe ich mich so in den Garten gelegt, dass ich nur den Wald sehen konnte«, sagte sie und schwamm langsam an den

Rand des Pools. »Ich hatte das Gefühl, direkt drin zu sein. Komm, wir gehen heute mal richtig in den Wald.«

Ich schüttelte den Kopf. Wir konnten nicht in den Wald. Einer der Wachmänner hatte es mir gesagt: Eine Leitung war gestört und die Zäune vor dem Wald standen nicht mehr unter Strom. Der Wald war nicht mehr sicher.

Der Bildschirm auf dem Grund des Pools flackerte, ich sah die tanzende Masse in den Straßen, sah die maskierten Gesichter, für die Ewigkeit verzerrt, sah sie marschieren, sah sie rennen und Räder schlagen. Es vibrierte in meiner Tasche: »Do you like scary movies?« Ich musste an Thompson denken, der immer behauptet hatte, wir sollten dem Karneval unsere Türen öffnen und sie alle zu einer riesigen Party einladen. Das Ende feiern, eine richtige Vernichtung, eine Abklemmung, die tatsächlich den Namen verdiente. Aber Thompson hatte auch in der letzten Nacht, nachdem er genug getrunken hatte, um die Angst zu spüren, davon erzählt, wie er einmal in einer U-Bahn eingeschlossen gewesen war, die weitab von der nächsten Station nicht mehr weiterfahren wollte, und wie er die ganze Zeit daran denken konnte, auf wie vielen Gästelisten er gerade stand und dass alle in dieser Bahn es irgendwann herausfinden würden. »Dann wäre ich dran gewesen«, hatte er gesagt und dabei versucht, nicht zu weinen. »Dann bin ich richtig dran. So richtig richtig ...«

Der Bildschirm flackerte erneut und ich sah, wie sich die Masse teilte und wie wild mit ihren kleinen Glöckchen klingelte. Sie teilte sich und in ihrer Mitte erblickte ich einen hochgewachsenen Mann, aus dessen Haaransatz Blut in dicken Schlieren über sein Gesicht lief. Er taumelte nach vorne, als könne er die Straße nicht sehen, über die er ging, als könne er die Scherben nicht sehen oder die Kleider, die kurz zuvor von den Körpern der Unglücklichen gerissen worden waren, die es nicht rechtzeitig von der Straße geschafft hatten.

Die Szene verwandelte sich in einen Loop: Wieder und wieder die Masse, die sich teilte, genau in der Mitte, und den Platz freigab für den taumelnden, blutüberströmten Mann. Für eine Weile betrachtete ich die Gesichter, die in der Menge zu sehen waren, und suchte nach Zeichen von Freude, Wut und Hass. Lui drehte sich von den Bildern weg und starrte den Himmel an. Dort oben bewegte sich nichts. Das Firmament war ein sickes Nihilum.

»Ich habe Thompson gesagt, dass er die Bilder ändern soll. Ich will das alles nicht sehen. Es ist doch schlimm genug, dass es geschieht.«

Niemand hatte es ahnen können, hatten wir immer gesagt. Auch in den Wochen, bevor der Karneval begann, hatten wir geschmortes echtes Kaninchen gegessen, das seit mindestens fünf Jahren im Eis lag, und davon gesprochen, dass es mal wieder eine richtige Zerstreuung brauchte, um nicht in Schwermut zu ersticken. Es musste eine richtige Übertreibung sein, da waren wir uns einig. Eine Übertreibung, bei der wir alle gut zueinander wären. So wirklich ex caritate.

Man dürfe das nicht leichtsinnig angehen, hatte Roy gesagt: »Leichtsinnigkeit ist der Geist dieser Tempora. Wir wollen ernsthaft sein und sonst nichts.« Wir hatten so viel vorgehabt.

In diesen Tagen hatte es sich alles zusammengefügt, alles hatte sich richtig angefühlt, beinahe echt, beinahe groß, wirklich wahrhaftig ex animo: die Sprache, die Vorhaben, der Aufbruch zu einem Ort, zu dem wir eigentlich zurückkehrten, zurück zu dem, was ernst und wichtig war, zu dem richtigen Menschending, oder wenigstens beinahe. Unsere Codes, unsere Zeichen, unser falsches Latein, aus Online-Wörterbüchern übernommen, und das Wissen, dass es so nicht weitergehen konnte, Saeculum für Saeculum, bis da nichts Schönes mehr wäre. Ich schwöre.

Als es dann wirklich nicht mehr so weiterging, machten wir

uns auf in das Playhouse und Thompson packte den billigen Wodka ein, weil er meinte, wir müssten dem Haus seine Bürgerlichkeit nehmen. Wir zogen ein und zerfielen, jede und jeder in einer eigenen kleinen Welt und nur die Bildschirme erzählten uns von den Straßen und ihren neuen Herrschern.

»Ich hab's«, rief in diesem Moment Thompson, der gerade die Terrasse betreten hatte. Er trug einen schwarzen Speedo und hielt sein Phone in der rechten Hand. Auf seinem Bauch glänzte sein eingecremtes Tattoo in der Sonne: »Too close« stand in fetten Lettern quer über seinem Bauch. Seit ich ihn kannte, sprach er davon, den Schriftzug mit irgendetwas zu covern.

»Ich hab's«, rief er noch einmal. Dann fummelte er auf dem Display des Smartphones herum und der nächste Bildschirm flackerte.

Ein Manga-Mädchen mit viel zu langen, grünen Zöpfen und schwarzen Strümpfen erschien und begann zu singen, wobei sie ihre Zöpfe von der einen Seite auf die andere schleuderte. Ich musste blinzeln: Die Kamera zoomte heraus, und ich konnte sehen, dass sie auf einer riesigen Bühne stand. Sie trat in einem Stadion auf.

»Wer ist das?«, fragte Lui.

»Hatsune Miku«, rief Thompson und fuchtelte mit einer Hand in der Luft herum. »Sie hat als Gesicht einer Karaoke-Software angefangen, aber jeder kann Hatsune Miku sein. Crypton Future Media, ihr Hoden!« Er holte tief Luft: »Ich will sie werden. Das ist es, was mir gefehlt hat. Jetzt weiß ich es. Ist das nicht prächtig? Kommt schon: Gebt mir eine smoothe Benedictio!« Während er wieder ins Haus lief, rief er noch, dass er eine Miku werden wolle, aber mehr so eine Proleten-Miku, und ich musste daran denken, wie ich sie alle kennengelernt hatte, auf dem 130. Geburtstag meines Vaters, wo Thompson auf die Kanapees spuckte, wenn gerade niemand hinsah. Wir hatten schwarze, russische Zigaretten geraucht, weil ein bisschen Zerstörung sein musste, hatten die Leute verachtet, die sich für die Transplantationsprogramme anmeldeten, für die sie ja doch nicht in Frage kamen, hatten darüber geschwiegen, welche Organe bei uns bereits ausgetauscht worden waren, hatten uns gegenseitig versichert, dass wir anders leben wollten, und nach vier oder fünf Zigaretten hatten wir uns für eine Bohrung zurückgezogen, nach der wir erschöpft und ohne schwere Gedanken eingeschlafen waren.

Es war schön, an diese Tage zurückzudenken, in denen alles klar und offen erschienen war, in den kleinen Lügen, die wir uns erzählten, und deshalb achtete ich für eine Weile nicht mehr auf den Pool, nicht mehr auf die Sonne, den Wald und die Grenze. Ich nahm Luis Hand in meine und hörte ihr eine Weile zu, wie sie mir von den kleinen Hologrammgeschichten erzählte, die jeden Abend den Himmel über der Stadt beleuchtet hatten. Ihr Mund war nass. Mein Mund war trocken. Der Himmel wartete bewegungslos. Wir beide hatten noch unsere Hände. Ich sah Luis kurze Finger, Thompsons behaarte Knöchel, Roys schlanke, weiche Handform. Niemand von uns hatte ein Körperteil verloren.

Lui nahm eine der Datteln vom Tisch und schob sie mir in den Mund. Dann wischte sie ihre Hand an meiner Wange ab und kniff mir fest in die dünne Haut direkt unter meinem Auge, bis eine Träne hinabtropfte.

Vor mir sah ich wieder die abgetrennte Hand auf unserem Tisch und wusste, dass keinem von uns eine Hand fehlte und wir es erfahren hätten, wenn sie einem der Wachleute gehörte. Ich sah die Rillen der Finger, die schwarzen Linien unter den Nägeln, den halb angewinkelten Zeigefinger, wie zur Kralle erstarrt. Sie war nicht beinahe echt, sie war sehr echt. Und es gab nur einen Weg, wie sie zu uns gelangt sein konnte. Ich blickte hinab zum Wald, wo der Strom auf den Zäunen ausgefallen war, und sah ganz klein einen der Wachmänner auf das Haus zurennen. Er hatte die Hände erhoben und brüllte irgendwas. Er winkte und winkte und rannte wie jemand, der gar nicht schnell genug rennen konnte.

Wahrscheinlich wusste niemand mehr, wann er zum ersten Mal vom Karneval gehört hatte. Wann waren die ersten Amateurvideos gepostet worden? Wann war ein geschlagenes Rad zu einer Drohung geworden? Wann hatten die Menschen Angst vor dem Klang eines Glöckchens bekommen? Er war langsam in Nebensätzen gewachsen, bis er groß genug war, dass kein Satz ohne ihn auskam. Als er jetzt auch uns erreichte, ließen wir die Gitter hinab, fuhren die Treppe ein und löschten die Lichter. Und dann kauerten wir alle unter dem Tisch, auf dem noch die Hand lag, und sprachen kein Latein mehr und keinen Slang. Verstanden hätten wir uns ohnehin nicht, es erhob sich ein Geheule und Geschreie, in dem nicht mehr festzustellen war, wo ein Wort aufhörte und das andere anfing. Der Lärm verdichtete sich zu einem einzigen, dichten Teppich aus Schreien, Glockengeläut und Knallfröschen. Wir hörten, wie sie gegen die Gitter schlugen, wieder und wieder, wie sie versuchten, ins Innere des Playhouse zu gelangen. Wir wussten, dass sie draußen tanzten. Wir wussten, was mit uns geschehen würde, wenn sie hereinkämen, wenn eines der Gitter nicht mehr halten sollte. Und mitten aus dem Geheule und dem Knallen der Knallfrösche erhob sich die Stimme eines Riesen, einer gewaltigen, dröhnenden Trompete gleich, und er sprach wie einer, der streng und erbarmungslos richtet. Er sprach von dem Strom, den kein Damm aufhalten konnte, der alles, was jetzt fest auf Erden stand, hinwegspülen und alles, alles schleifen würde, bis Platz genug wäre für eine neue Welt.

Und wir, die wir unter dem Tisch in den Lachen der letzten Abklemmung lagen, in einem Raum, in dem jetzt kein Bildschirm mehr flackerte, unsere Finger ineinander verschlungen, weil wir wissen mussten, dass da noch jemand bei uns war, während unsere Lippen bebten, bereit, ein Ad te domine zu flüstern, wussten, dass es recht war, uns zu richten, weil wir nie in den Leitungen unserer Gespräche einen Supervisor fürchten mussten, weil wir alt geworden und jung geblieben waren und nichts daraus gemacht hatten. So gelobten wir Besserung, wollten fortan kurzes Leben führen und es richtig machen, das richtige Menschending. Ich schwöre.

Alles war ein Fluidum. *I shit you not.* Sie kamen nicht in das Haus hinein, und als wir uns sicher waren, dass keine Gefahr mehr drohte, wagten wir uns hinaus und blickten auf die verbrannten und zertrampelten Wiesen. Ganz feierlich wurde uns zumute.

Erst spät entdeckten wir den Text, der auf die Hauswand des Playhouse gemalt worden war. Da stand in großen Lettern: ICH MÖCHTE DIE GANZE MENSCHHEIT MIT MEINER LIEBE UMFASSEN, SIE WÄRMEN UND VOM SCHMUTZ DES MODERNEN LEBENS SÄUBERN.

»Wo stammt das her?«, fragte Lui.

Thompson hatte den Text bereits in sein Smartphone eingegeben.

»Felix Dzierżyński«, antwortete er. »Der hat das gesagt.«

»Sagt mir nichts«, erwiderte ich.

»Ich glaube«, sagte Thompson und blickte nicht von seinem Display auf, »der hat mal eine Revolution gemacht.«

»Wann?«, fragte Lui.

Thompson scrollte und scrollte und für einen Moment war ich mir sicher, tatsächlich Vögel in den Bäumen singen zu hören. Aber vielleicht bildete ich mir das auch nur ein.

»Vor langer Zeit.«

BEI PAC-MAN GEWINNEN

So läuft es nicht. So geht es nicht zu Ende. Das ist nicht das Ende deiner Nacht. Du bist nicht neunundzwanzig Jahre alt, in weniger als einem Jahr wirst du nicht dreißig Jahre alt sein. Du wartest nicht in der Notaufnahme des Klinikums auf die Psychologin, die in dieser Nacht Bereitschaft hat. Du wartest nicht auf den Klang ihrer Klinikpantoffeln. Du wartest nicht auf ihre ruhige Stimme. Du wartest nicht auf die Frage, die kommen wird, von der du jetzt schon weißt, dass sie kommen wird. Die Frage nach der Angst. Die Frage, wovor du Angst hast.

Du denkst nicht über Pac-Man nach, um dich von der Angst abzulenken. Du weißt nichts von Pac-Man. Du weißt wirklich überhaupt nichts von Pac-Man.

Was du alles nicht weißt: Du weißt nicht, dass Pac-Man 1980 von dem Japaner Toru Iwatani entwickelt wurde. Du weißt nicht, dass die Hauptfigur entweder einer Pizza oder einem japanischen Schriftzeichen nachempfunden wurde. Die Geister, die Pac-Man verfolgen, haben Namen und Persönlichkeiten. Das weißt du auch nicht. Sie heißen Blinky, Pinky, Inky und Clyde oder: Akabei, Pinky, Aosuke und Guzuta oder: Macky, Micky, Mucky und Mocky oder auch: Red Guy, Pink Guy, Blue Guy und Slow Guy. Es beruhigt dich nicht, dass deine Gegner Namen und Persönlichkeiten haben, deine Gegner, die schneller und stärker werden, je weiter das Spiel voranschreitet. Du weißt auch nicht, dass Blinky und Clyde manchmal ihre Persönlichkeiten tauschen, was Fans, die sich wirklich damit auskennen, den »Blinky and Clyde Error« nennen, der in der Animationsserie von Hanna-Barbera Anfang der 80er Jahre zum ersten Mal dokumentiert wurde.

Vielleicht weißt du, dass Pac-Man offiziell kein Ende hat, aber wahrscheinlich nicht. Als perfektes Pac-Man-Spiel gilt eins, bei dem der Spieler die maximale Punktzahl in allen 255 Leveln erreicht, indem er alle Punkte, Power Pellets und Gegner frisst, alle Leben behält und die restlichen Leben in Level 256 aufbraucht, um dort noch so viele Punkte wie möglich zu sammeln.

Es gibt ein Muster dafür. Es gibt ein Muster, wie du durch diese Welt kommst. Kennst du das Muster? Nein, du hast keine Ahnung von diesem Muster. Während der ersten 20 Level isst du Punkte und Power Pellets. Die Geister werden blau und du kannst sie fressen. Aber sie bleiben nicht immer für den gleichen Zeitraum blau. Manchmal hast du nur eine Sekunde, um alle vier Geister zu fressen. Könntest du in einer Sekunde alle vier Geister fressen? Dann kommen 235 exakt gleiche Level. Erfahrene Player nennen es die Durchquerung der Wüste. Du brauchst ein Muster in deinem Kopf. Du musst 235-mal dasselbe tun. Aber du würdest niemals 235-mal dasselbe tun. Wer hier durch will, wird der einsamste Player der Welt, muss ruhig bleiben, muss alle Fragen ausblenden, muss alle Leben behalten bis Level 256.

Level 256. Ich will dir von Level 256 erzählen, auch wenn es dich überhaupt nicht interessiert, auch wenn du nichts davon verstehst, am wenigsten, warum es so wichtig ist.

Level 256 ist der KILL SCREEN und niemand kommt da durch, aber das interessiert dich nicht. Wenn du dich einmal beruhigen musst, wenn dich einmal die Angst in der Brust oder auch weiter unten ergreift, wenn dein Zwerchfell zittert, denkst du nicht an Pac-Man, du denkst vielleicht an die geregelten Abläufe romantischer Komödien oder das sanfte Dämmern bei einer leichten Erkältung. Wahrscheinlich hast du keine Angst. Wahrscheinlich würdest du bei der Frage der Psychologin mit den Schultern zucken. Wahrscheinlich musstest du dich noch nie beruhigen. Du denkst nicht an Pac-Man und weißt deshalb auch nichts über den KILL SCREEN.

Verstehst du nicht? Der KILL SCREEN ist das Ende des Spiels, das kein Ende haben sollte. Der KILL SCREEN erscheint, weil die 8-Bit-Speicherstelle beim Wechsel von Level 255 auf Level 256 überläuft. Was der Spieler sieht, ist ein zerstörtes Labyrinth, eine Hälfte in Codes und Zeichen zersprengt, hinter denen alles Gegenständliche verschwindet. Es ist die 8-Bit-Version der Apokalypse, die Grenze der wahrnehmbaren Welt.

Jon Stoodley gelangte 1983 vielleicht als erster in den KILL SCREEN. Sein High Score von 3.221.000 wurde in dem Magazin »Computer and Video Games« abgedruckt. Er brach damit den Rekord von 3.191.000, den Tim Valderramos aufgestellt hatte. Nur wusste das damals noch niemand. Es war auch das erste Mal, dass die Entwickler des Spiels einräumten, dass es den KILL SCREEN gab. Toru Iwatani war davon ausgegangen, dass niemand so weit kommen würde.

Wer sich das Problem einmal genau angesehen hat, der versteht, wie schön es ist: Ein vorzeichenloser Ganzzahlwert, 8 Bit groß. In Level 256 nimmt die Speicherstelle den Wert 0x00 an. Eine Schleife entsteht. Sie zeichnet Früchte am unteren Bildschirmrand, die in den ersten Leveln den Levelstand angeben. Wenn der Levelzähler kleiner als 0x08 ist, wird sie aufgerufen. Bei höheren Leveln dagegen wird ein separater Codeblock verwendet. Ob die Schleife ein weiteres Mal durchlaufen wird, wird mit dem Assembler-Befehl »Decrement and Jump if not Zero« abgefragt. Die Schleife wird 256-mal durchlaufen. Ein Kilobyte im Grafikspeicher – mehr nicht. Dieser Bereich gibt an, was wo entstehen soll. Welche Wand, welches Symbol, welcher Punkt, welche Zahl. Für alles seinen Platz. Verstehst du, was ich dir sagen will? Und jetzt kopiert in Level 256 die Schleife Früchte, die hier keinen Platz haben, in den Grafikspeicher und läuft weiter, auch wenn es keine weiteren Früchte mehr gibt. Dann kommt der KILL SCREEN.

Niemand hat dieses Level bis jetzt durchquert. Der zwölfjährige Jeffrey R. Yee, der 1982 in der Fernsehshow Starcade behauptete, einen Punktestand von 6.131.940 erreicht zu haben und daraufhin persönlich von Ronald Reagan beglückwünscht wurde, hätte diesen Punktestand nur durch ein erfolgreiches Durchqueren des KILL SCREENS erreichen können. Du weißt nichts über Jeffrey R. Yee und auch nichts über das, was einen im KILL SCREEN erwartet. Nie hast du nach einer Bedeutung hinter den bunten Zeichen gesucht, nie auf den roten Block mit den Ziffern 0011 gestarrt und dich nie darüber gewundert, dass immer noch das Wort »ready« in der Mitte des Bildschirms zu sehen ist, als wolle die zerstörte Welt den hoffnungslosen Spieler herausfordern: Versuche es doch.

Woran bis jetzt alle Spieler im KILL SCREEN scheiterten, ist der Umstand, dass Pac-Man nicht genug Punkte auf der linken, unzerstörten Seite des Labyrinths fressen kann, um das Level zu beenden. Die Punkte auf der rechten Seite sind fast alle nicht zu sehen, sie sind irgendwo hinter den Rätseln des Codes versteckt. Manche können gehört werden, wenn sie zufällig eingesammelt werden, manche sind ganz unsichtbar. Um sich in diesen Teil der Welt vorzuwagen, muss man die Geister vorher einsperren.

Weißt du, wie das funktioniert? Du weißt es nicht. Du müsstest dich nach rechts in die Ruinen bewegen, bis du zu einem blauen N gelangst, um dann weiter nach unten zu gehen, bis du zu einem blauen F gelangst, um dann weiter nach rechts zu gehen, bis du zu einem gelben B gelangst. Dann gehst du nach unten. Dann kommt eine unsichtbare Wand. Die Geister folgen dir und bleiben in den Ruinen stecken. Der schlimmste Geist ist der rote, Blinky oder Akabei oder Macky oder Red Guy. Aber du musst dir um Blinky keine Sorgen machen, du musst dir überhaupt keine Sorgen machen. Wenn die Geister eingesperrt sind, müsste es eigentlich möglich sein, den KILL SCREEN zu überleben. Irgendwo müssen die restlichen Punkte sein, auch wenn sie nicht zu sehen sind. Es muss eine Möglichkeit geben. Aber niemand ist bis heute durchgekommen.

Billy Mitchell aus Hollywood, Florida, dem als Erstes ein perfektes Spiel gelang, hat einmal der Person hunderttausend Dollar geboten, die es durch den KILL SCREEN schaffen würde. Niemand hat das Preisgeld erhalten. Aber nur, weil es bisher niemand geschafft hat, heißt das nicht, dass es unmöglich ist. Doch du bist auf den Trost dieses Gedankens nicht angewiesen. Du bist nicht hier. Du wartest nicht und hast weder Angst vor Blinky noch vor den zersprengten Mauern in Level 256. Du wirst kein Papier mit einer Differentialdiagnose erhalten, auf dem steht, dass du deine Worte affektiv vermindert modulierst und dein Antrieb unauffällig sei. Du schläfst vielleicht oder gehst aus, fährst Taxi oder Straßenbahn. Du liest nicht: High Score. Ready. GPK. HQL. FGL. Das japanische Pac-Man hießt ursprünglich Puck Man, aber auch das muss dich nicht kümmern. Du wirst niemandem sagen, dass du heute nicht nach Hause gehen kannst.

3 Stunden, 28 Minuten, 49 Sekunden. So lang brauchte Dave Race am 22. Mai 2013 in Dayton, Ohio für ein perfektes Spiel. Er hält den Rekord. Vielleicht geht nicht mehr als das: ein perfektes Spiel.

Und weißt du was: Irgendwann hat jemand im Internet behauptet, durch eine Analyse des Programmiercodes herausgefunden zu haben, was nach dem KILL SCREEN kommen würde. Das Spiel würde wieder von vorn beginnen, nur die Geister wären so schnell wie in den höchsten Stufen. Alles würde wieder anfangen, nur noch schwieriger sein. Ich glaube ihm nicht. Würdest du ihm glauben? Ich nicht. Ich entscheide mich aktiv dafür, dieser Person nicht zu glauben.

Ja, ich kann Ihnen jetzt sagen, wovor ich Angst habe.

Asja Bakić

MARS

Erzählungen

160 Seiten
Hardcover
20 €

ISBN 978-3-95732-474-0

In »Mars« zeigt Asja Bakić eine Reihe einzigartiger Universen, in deren Mittelpunkt Frauen stehen, die vor die Aufgabe gestellt sind, der seltsamen Realität, die sie erleben, einen Sinn zu geben. Eine Frau wird von Tristessa und Zubrovka aus einer Art Vorhölle befreit, sobald sie eine Aufgabe erfüllt. Eine Meisterin der Täuschung wird mit jemandem konfrontiert, der ihr Geheimnis kennt. Eine Schriftstellerin soll einen Bestseller unter Pseudonym geschrieben haben, woran sie sich jedoch nicht erinnern kann. Abby scheint ihr Gedächtnis verloren zu haben, und doch weiß sie, dass mit ihrem misstrauischen Ehemann etwas nicht stimmt. Eine weitere muss auf dem Mars über ihr Verbrechen reflektieren, Autorin zu sein.

Nicht nur das inhaltliche Konzept der Erzählungen ist beeindruckend, sondern auch die Methode: Gekonnt verwebt sie in das klassische Erzählmuster Elemente aus der Genre-Literatur – Horror, Science-Fiction und Fantasy. Entstanden sind so spannende, oft humorvolle Geschichten, die emanzipierend sind, ohne in politische Agitation zu verfallen. Publishers Weekly kürte die amerikanische Ausgabe von »Mars« 2019 zu einem der 25 besten Büchern des Jahres in den USA der Kategorie Belletristik.

»Auf jeder Seite merkt man, wie sehr Bakić es liebt, die Lesenden in die Irre zu führen. ›Mars‹ ist ein feiner, kleiner, fieser Band voller böser Kurzgeschichten, die einmal das Gehirn durchspülen.« (Ava Weis / Missy Magazine)

Anke Stelling
GRUNDLAGENFORSCHUNG
Roman

192 Seiten
Hardcover
20 €

ISBN 978-3-95732-447-4

Schnell gehen sie vorbei, die Sekunden der Erkenntnis. Sie müssen festgehalten werden! Oder erst erzeugt anhand von Figuren, Beziehungen, außerordentlichen Begebenheiten. Das Leben ist undurchsichtig und erzählenswert. Und es gilt, in diesem Leben vorzukommen, zwischen all den Wünschen und Enttäuschungen, den gesellschaftlichen Normen und alltäglichen Herausforderungen. Wer bin ich denn hier überhaupt? Wer könnte ich sein?

Die nervöse Zwanzigjährige, die hofft, dass ihr Freund anruft. Die hoffnungsvolle Dreißigjährige, die glaubt, dass bei ihr alles anders wird. Anders zumindest als bei der ätzenden Ex, die doch hätte wissen müssen, dass Kinderkriegen auch keinen Ausweg darstellt. Oder bin ich vielleicht sogar die? Es ist gut, ein paar Erzählungen als Wegweiser zu haben. Für jetzt und für später. Sag nicht, du hättest's nicht gewusst! Hier steht's doch, schwarz auf weiß, und Spaß macht es auch noch.

In diesem Erzählungsband vermag man sämtliche Motive, Themen, ja geradezu die gesamte literarische Welt Anke Stellings zu entdecken – und diese Erforschung ist nicht nur für Stelling-Fans faszinierend.

Stellings Erzählungen künden in lakonischem Stil von der großen Desillusionierung, sie entzaubern die Träume der kreativen Lebenskünstler ebenso wie die Glücksvorstellungen gesetzter Bürgerlichkeit.

Deutschlandfunk

Philipp Böhm

SCHELLENMANN

Roman

Hardcover
224 Seiten
20 €

ISBN: 978-3-95732-374-3

»Es gibt etwas, das Hartmann weiß und Jakob nicht.«

Hartmann und Jakob arbeiten in einer Fabrik am Stadtrand, wobei niemand so recht sagen kann, was dort eigentlich produziert wird. Sie sind gemeinsam in der kleinen Stadt aufgewachsen: der ältere Hartmann, der seinen Platz in der Gemeinschaft schon immer sicher hatte und Jakob, der zugezogene Außenseiter. Jahrelang hat Hartmann auf Jakob aufgepasst und ihn langsam in seine Welt eingeführt. Doch in einem Sommer, der nicht mehr endet, beginnt sich Hartmann nicht nur von der Gemeinschaft, sondern auch von Jakob abzuwenden. Nach einem Streit verschwindet er. Jakob begibt sich auf die Suche nach seinem Freund, während die Natur um die kleine Stadt zu sterben beginnt und die Bewohner immer aggressiver werden. Dabei folgt ihm der mysteriöse Schellenmann.

»Schellenmann« schildert das Aufwachsen zwischen Fabrikarbeit, Lethargie und dem Gefühl der Unzugehörigkeit. Philipp Böhms sehr eigene Sprache und liebevolle Erzählweise entwickeln einen mitreißenden Sog und lassen die Leser*innen nicht mehr los.

Böhm ist ein Erzähler, der die Wiederverzauberung der Welt mit unheimlichen Stilmitteln betreibt. Ihm ist, unter anderem, ein Schauermärchen der Arbeitswelt gelungen. Sein Text geht dem Leser nahe und nach.

Weser-Kurier

verbrecher verlag • Gneisenaustraße 2a
10961 Berlin • info@verbrecherei.de
www.verbrecherverlag.de

Lisa Kränzler
COMING OF KARLO
Roman

624 Seiten
Hardcover
29 €

ISBN: 978-3-95732-370-5

Der siebzehnjährige Karlo findet heraus, dass sein Vater nicht sein Vater ist. Zudem plagt ihn eine Fußballverletzung, obwohl sie verheilt sein soll. Dann lernt Karlo Gwen kennen. Sie ist direkt, stark, faszinierend – er verliebt sich in sie und sie sich in ihn. Er ist unbeschreiblich glücklich. Doch hat sie auch was mit einem anderen? Karlo ist verzweifelt, Karlo ist vor Eifersucht rasend, Karlo zieht sich in den Wald zurück. Schließlich kommt es zu einer Konfrontation, die in einer Katastrophe endet …

Lisa Kränzler ist ein Roman gelungen, der mit allen Mitteln der Sprache die Geschichte verletzter Menschen in einer kaputten Welt erzählt, in der toxische Männlichkeit wie ein wildes Tier lauert und einen Charakter befällt.